まがいもの令嬢から愛され薬師になりました3

竜の婚約と王位継承のための薬

佐　槻　奏　多

K A N A T A　S A T S U K I

一迅社文庫アイリス

CONTENTS

まがいもの令嬢から愛され薬師になりました3

Job-Changing! Pritender Lady > Lovely Dr.

人物紹介

Character

ラエル

レイヴァルト付きの騎士。
弓を扱うことに長けている青年。
実はハムスター姿の幻獣で……。

イグナーツ

レイヴァルト付きの騎士。
剣を扱うことに長けている青年。
何かとレイヴァルトとマリアをくっつけようと行動するが……。

ライザ

レイヴァルトの母。
セーデルフェルト王国の女王だが、
マリアを前にすると興奮を抑えきれず……。

用語説明

幻獣	世界の不思議を集めたような存在。動物のような姿をしているが、風雪を吐き出したり、炎を発生させたり、雷を導いたりできる。鉄の剣では太刀打ちできない存在で、ガラスの森に生息しているとされている。
ガラスの森	ガラスの木が林立する不思議な森。ガラスの材料を人にもたらしてくれる一方で、奥深くに踏み込むとガラスになると言われる森。
リエンダール領	アルテアン公国にある領地。目立った特産品がなく、貧乏な土地。
セーデルフェルト王国	アルテアン公国の隣国。ガラスの森を挟んで反対側にある大国。
キーレンツ辺境伯領	ガラスの森近くにある城下町。
杯《カリス》	薬師が使う特別なガラスの杯。 薬を調合したり、精製するのに欠かせないもの。
薬師	杯《カリス》と薬草の扱いを習熟しなければ、名乗ることができない職業。 薬師が調合した薬には、特別な効能が宿っている。

マリア
伯爵家の養女だった少女。
亡き実母が薬師だったことから、
薬師としての知識を持っている。
死んだふりをして公子の婚約話
から逃げ出し、夢だった薬師と
なったが……。
レイヴァルト
セーデルフェルト王国の第一王子。
複雑な生い立ちのせいか、自身が
治める領の民に同情を寄せられて
いる青年。幻獣の血を引いている
のに、幻獣からは避けられがち。
幻獣と触れ合える薬をマリアに
作ってもらっているが……。

イラストレーション◆笹原亜美

まがいもの令嬢から愛され薬師になりました3
竜の婚約と王位継承のための薬

Loh-Chanqinal Pritender Lady → Lovely Dr. 3rd.

一章　王宮へ行くことになりました

マリアは緑の瞳で天秤《てんびん》を睨《にら》んでいた。

ほつれた子鹿色の髪の端を耳にかけ直し、黄金色の石の欠片《かけら》を載せていく。

天秤が釣り合うと、ほっと息をついて、今度は隣のガラス瓶《びん》へ量った石の欠片を持って向かった。

ぽとぽとん。

中に満たされていた液体の中に、光に照らされて黄金色に輝く石の欠片を落とす。

ガラスの瓶に入っていた透明な液体は石に触れて、さっとその色を石と同じ色に染めていく。

きらきらとした輝きが収まった後、それを別の瓶に移し替える。

そして残った黄金色のシロップを、マリアは匙《さじ》に入れてレイヴァルトに差し出した。

「どうぞ、お試しください殿下」

「うん」

レイヴァルトは匙に口を寄せる。

さらりと、灰がかった亜麻色《あまいろ》の髪が動き、その長い睫毛《まつげ》と、伏せがちになった紫の瞳をかげ

らせ、色に深みを与えた。

いつもより艶《なま》めかしさを感じて、マリアは目を離せなくなる。

（この美しい人が自分の恋人……）

未《いま》だに、信じられない。

しかも彼は、セーデルフェルト王国の王子だ。今は平民の薬師《くすし》として生きているマリアでは、本来なら彼の目に留《と》まることもなかったはずだ。

けれど数奇な出会いから、知り合うことになった。

（まさに数奇よね……ハムスターに拉致《らち》されたなんて）

マリアはその日、偽りの伯爵令嬢だった過去の自分を死んだことにして、修道院へ行くはずだった。

そうしなければ、自分を養女にした伯爵家が取り潰される危険があったから。

なにせマリアは親族の娘だと嘘《うそ》をついて養女になっていた。そうしなければ、すんなりと伯爵家の養女にはできないからと、養父である前伯爵が経歴をいつわったのだ。血縁が一切ない他人だとバレてしまうと、不正をしたと処罰されてしまう。

でも途中で、なぜか幻獣であるハムスターの軍団にさらわれた。

そしてハムスターによって連れて行かれたのは、『ガラスの森』。踏み込めばたちまちガラスにされてしまうという恐ろしい場所だ。そんなガラスの森の中心部へ連れて行かれ、困っていたところを助けてくれたのが、レイヴァルトだった。

実は、マリアは遥か昔に幻獣と契約し、幻獣を助ける役目を担った一族の子孫だった。

ハムスターが強引にマリアを呼んだのは、病で死にかけた幻獣がいたからだ。

そしてレイヴァルトも、マリアにガラスの森の側《そば》にいてほしいと考えていたことを知った。

実はレイヴァルトも幻獣の血を引いていて、幻獣達のために行動していたし、ハムスターと同じように、マリアの匂いに心引かれていたのだ。

だから幻獣ハムスターが連れて来たマリアに、親切にも家を家賃ゼロで提供し、なにかと配慮してくれた。

そうして、ガラスの森に住む幻獣達のために、薬を作ってくれるようになることを願っていたのだ。

薬師の力は、強要されて発揮できるものではない。

それに、はるか昔に幻獣とマリアの祖先の薬師が契約したことから、幻獣達が薬師を無条件に愛するようになっていて、マリアに強要などできなかったのだ。

マリアは苦しむ幻獣に関わり、助けたことで、ガラスの森の薬師になることを了解した。

その過程で……二人は恋人同士になったのだけど。


今さら、彼の口に匙を運んでいることが恥ずかしくなってくる。手が震えそうだったけど、マリアはぐっとこらえて匙を持ち続ける。

そっと匙をくわえるレイヴァルトの唇。

淡い色の唇に、彼との口づけのことを思い出し、今さらながらに叫んで走り出したいが、そんなことをしたら大惨事だ。

レイヴァルトの頭や顔が、糖分でべたついてギトギトになってしまう！

森の家から帰る時に蟻《あり》にでもたかられたら……。気の毒なので、そんなことはできない。

(早く飲み込んで！)

願っていると、ようやくレイヴァルトが匙から離れた。

その時になってから、マリアは「自分で匙を運んでもらえばよかった」と気づいたけれど、もう遅い。

自分のうかつさに落ち込みつつも、レイヴァルトに尋ねた。

「お味はいかがでした？」

「とても甘かったよ。君の唇ぐらいに」

ふわっと花開くように微笑《ほほえ》むレイヴァルト。けれど幻の花から滴《したた》るのは、あふれんばかりの色気だ。

正直色気だけなら、マリアよりも多いと思う。

思わず、うっとりと酔いそうになったマリアだったが――。

「でも香りは、君の肌から匂いたつものよりは、甘くはなかったかもしれない」

君の匂いが一番だよ！

そう言われて、マリアは苦笑いした。

（私の匂いが好きじゃなかったら、私のこと好きになるのに、時間がかかったのかな……）

幻獣達は薬師の子孫の匂いをとても好む。そのおかげで、マリアはどんな幻獣達からも好かれるのだ。

レイヴァルトも同じ理由で、マリアの匂いに引かれたのだった。

マリアと関わるうちに、レイヴァルトはマリア自身の性格や行動、仕草、そういったものを好ましく思って、恋をしてくれたのはわかっている。

ただ、恋をするまでの時間は、恐ろしく短縮されたに違いない。

そんなレイヴァルトだったが、一つだけマリアに嫉妬していることがある。

マリアが幻獣に懐《なつ》かれ、いつでもぎゅっと抱きしめたり撫《な》でたりできることだ。

レイヴァルトは幻獣に避けられる体質だ。

セーデルフェルト王家は幻獣に好かれるのが通常だというのに、第一王子のレイヴァルトだけは避けられてしまう。

おかげで王位継承について貴族達から不安視されており、本人も幻獣とたわむれたくて改善の方法を探していたのだ。

マリアはそんなレイヴァルトの、避けられ体質を改善させようと薬を作っていた。

「さ、早く試してみてください」

マリアは思考を打ち切り、レイヴァルトに結果を確かめるように勧めた。

「わかったよ」

決意を秘めた表情で、レイヴァルトは作業部屋の窓に近づく。

そこには「レイヴァルトは避けたいけど、マリアの側にはいたい！」という葛藤の末、窓に張り付いている幻獣ハムスター達が十数匹いたのだ。

レイヴァルトは、ゆっくりと窓を開ける。

押し開かれた窓をよけたハムスターも、彼の様子を興味津々《しんしん》で見つめ……。

ピクンと耳を動かす。

(逃げるのかな)

ドキドキしながらマリアが見守っていると。

なだれ込むようにハムスター達が窓を乗り越えて来た。

「わっ！　ぶわっ!?」

次々と飛び込んでくるハムスターに押し潰され、驚くレイヴァルトだったが、その声はどこか嬉《うれ》しそうだ。

そして数匹のハムスターをお腹《なか》や頭の上に乗せたまま、床に倒れた。

「大丈夫ですか殿下！」

「少し重いけど、問題ないよ。これが喜びの重みってものなのかな」

ふにゃっと笑み崩れたままのレイヴァルトの様子に、マリアも思わず笑ってしまう。

「成功ですね」

「ああ」

今回の薬はレイヴァルトの「幻獣に避けられる体質」を打ち消してくれたみたいだ。

ひとしきりハムスターを抱きしめて喜んだ後、レイヴァルトは立ち上がってマリアに近づく。

「ありがとうマリア！」

感激の表情で、レイヴァルトがマリアを抱きしめた。

彼の腕に包み込まれたマリアは、そっとその胸に頬を寄せる。

告白を受け入れて以来、何度となくこういう時間を過ごしていた。

少し前までは恥ずかしい気がしていたけれど、二人きりの時に寄り添うのは慣れて来た――

と思っていたら。

「殿下、ご予定の時間ですよ」

声をかけられて、マリアは飛び退《しさ》る勢いでレイヴァルトから離れた。

振り返れば、作業部屋の戸口に一人の青年が立っていた。暗い灰色の髪を首元で結んだ青年、レイヴァルトの騎士ラエルだ。

冷たそうな美青年のラエルは、薄《うっす》ら笑みを浮かべていた。

一方のレイヴァルトは、ものすごく嫌そうな表情になっている。

「ラエル、もう少し気を利《き》かせられないのかい？　それともわざとなのかい？」

「たまたまですよ殿下」

ラエルは張り付いたような笑みを崩さない。

レイヴァルトは深いため息をつき、仕方なさそうにマリアに言う。

「すまない。今日は少々用事が入っていたんだ。申し訳ないが、ここでおいとまさせてもらうよ」

「気になさらないでください、殿下。また明日だって会えるんですから」

マリアがそう言うと、レイヴァルトはふわっと花が開くような笑みを見せた。

「そうだね。また明日」

意外と機嫌良く、レイヴァルトは帰って行った。

それを外まで見送りに出たマリアは、ふとつぶやく。

「今回はいつまで持つかな……」

レイヴァルトが幻獣に避けられる原因がわからないので、マリアは試行錯誤を続けていた。

何度も試作品を作っては失敗しているので、今回も効果が長く続かないと予想していた。

「一体どうして、幻獣に避けられるのかしら……」

なんにせよ、地道に試していくしかないと思っている。

今回の薬についてもレシピを書き残しておこうと、マリアは家の中に入った。


翌日、予想通りにものすごく気落ちしたレイヴァルトがやって来た。

「ごめんマリア。君がせっかく作ってくれたのに、効果が八時間ぐらいしか持たなくて」

「あ、八時間も持続したんですか。それは快挙ですね！」

マリアはさっそく記録を残しておく。

こうなると思ってはいたのだ。だからマリアは大して落胆していないのだけど、レイヴァルトはいつもよりしおしおとうなだれていた。

「君は、あんまりがっかりしていないみたいだね？」

「毎回一瞬で効果が消えていましたから。それを考えるとがっかりするより、喜ぶべきかなと」

「さすが薬に関しては、冷静だね」

レイヴァルトは感心したように言う。

「それが薬師というものです。失敗でいちいち気落ちしていたら、改良をするのも新しい薬を作ることもできません」

自分の気持ちに左右されて、何も手につかない状態になっては、誰かの病を治すための薬は作れない。嘆いている間にも、病はどんどん進行するのだから。

（思えば、あの時もそうだった）

養父が亡くなる前。

マリアは養父が危篤だとわかっていた。だけど自分で決めた時間にだけ、様子を見に行く以外は、嘆かず、薬を作ることに集中した。

それが立派な薬師だと、亡き母に教わったから。

助けたいのなら、泣いている暇はない。

(結局、お父様は助けられなかったけど……)

他の領民を助けるのには間に合った。その中には、あと一日でも遅かったら、命を失っていた人もいる。

みんな、感謝してくれた。亡くなった患者の遺族さえ、養父をたたえ、マリアに感謝してくれたし、叔父《おじ》が家督を継いだ後も伯爵家を信じてくれている。

それもあってか、今も伯爵領は穏やかに運営できていると、先日届いた伯母の手紙に書いてあった。

でも――。

養父を失った悲しみは、まだ心の中にある。

治らなかった本人も悔しかっただろうと思うから、マリアは目の前のレイヴァルトの手を握った。

「何度でも薬を作り続けます。いずれ必ず、殿下の体質を改善しますから。今は私の力が及ばなくて、殿下を悲しませてばかりいますが……」

マリアの言葉に、レイヴァルトはぱっと表情を明るくする。

「それじゃ、マリア。私の気持ちを上向けるために協力してくれるかい？」

「ええ、私にできることなら――っ」

レイヴァルトはマリアを抱きしめた。

広い胸と包み込む大きな腕。

その暖かさと心地よさに、思わずうっとりしてしまいそうになる。

何度も、恥ずかしがっても同じように抱きしめてくれるレイヴァルトのせいで、慣れてしまったみたい。

まるで、昔からずっとここが、自分の帰るところだったみたいに落ち着いて……。

――その時、静寂を破る大音声が響いた。

「殿下あああ！」

バーンと家の扉を開いた音が重なり、扉が壊れたかと心配して、マリアは慌《あわ》てて居間から飛び出した。

玄関口にいたのは、大柄な赤髪の青年だ。黒いマントに焦《こ》げ茶色の騎士服を着ている。

「お前もか、イグナーツ」

マリアを追ってやって来たレイヴァルトが、額《ひたい》を押さえてため息をつく。

しかしイグナーツは首をかしげるばかりだ。

「どうされましたか殿下？」

「あれほど事前に知らせせろと言ったのに……」

（あっ……私と一緒にいる時に、邪魔してほしくなかったのね）

前回はラエルにいい雰囲気を邪魔されて悔しかったから、イグナーツに「来訪を事前に知らせろ」と頼んだのだと察したマリアは、苦笑いするしかない。

レイヴァルトに言われたイグナーツは、何かをはっと思い出したらしい。

「あれですか？　薬師殿の家にいる時は、遠くから知らせろとおっしゃっていた件。きっちり遂行しておりますぞ！」

「あれで!?」

レイヴァルトは目を丸くしていた。

マリアの方は、どうしてイグナーツが遠くから叫んだのかが理解できた。

レイヴァルトはせめて目撃されたくなくて、遠くから、イグナーツがやって来ていることを知らせてほしいと考えていたに違いない。

イグナーツは、たしかに言われた通りにしていたのだ。

むちゃくちゃ大声で叫ぶという方法で。

(ま、まぁ……抱きしめ合っていたところを見られたわけではないから、ラエルさんの時よりはずっとマシだとは思う)

しかしあの時間を邪魔されたくなかったレイヴァルトは、とてもがっかりしたのだろう。

(私も……嫌じゃないけど、でも)

戸惑う。

そもそも男女のお付き合いがどう進むのか、マリアはよく知らないのだ。

以前は、恋もせず家に有利な相手に嫁ぐと思っていたから。結婚後に家族らしい感情を抱けるよう努力するのみで、恋愛することを想像もしていなかった。

今はもう、好きになった人とでなければ、結婚なんて考えられなくなったけれど。

「それで、どうしてここまで来たんだ？」

気持ちが落ち着いたレイヴァルトが、イグナーツに尋ねた。

「女王陛下からお手紙が届きまして。こちらでございます」

イグナーツが捧《ささ》げ持つのは、真っ白な封書に赤と金の封蝋《ふうろう》がされている手紙。

レイヴァルトが受け取ると、イグナーツはさっと立ち去った。

「それでは、これ以上お邪魔をするわけにはいきませぬので……御前失礼いたしまする」

「まぁ、もう邪魔してしまったんだけどね……」

乾いた笑いを漏《も》らしたレイヴァルトだったが、走り去ったイグナーツには、その言葉は届かずに済んだようだ。

それからレイヴァルトは、手紙を開けて中身を確認した。すぐに表情が渋いものになる。

「これは……」

「どうなさったのですか？」

もしかすると王都へ戻《もど》って来いという、緊急の手紙だろうか？　レイヴァルトと遠く離れることがあるなら、早めに知っておきたい。そういう目的でマリアは尋ねた。

振り返ったレイヴァルトは、困ったような表情になる。

「実は、女王陛下が君を連れて来るように嘆願して来たんだ」

「嘆願!?」

至高の座にいる人がなぜ。

「とりあえず、座って話そう」

このまま立ち話をするのもなんなので、居間の方で座って話を聞くことになった。

お茶をテーブルの上に置き終わるまでの間、レイヴァルトはもう一度手紙を読み直し、それからマリアに差し出して来た。

「女王陛下からのお手紙を、私が読んでもいいのですか？」

家族でもないのにと確認してみると、レイヴァルトはうなずく。

「ほぼ君に宛てて書いたようなものだから、大丈夫だよ」

「私宛てのようなもの？」

不思議に思ったものの、許可してくれたので目を通す。そしてすぐに、レイヴァルトの言葉の意味がわかった。

《ああ、レイヴァルト。私も青の薬師様のご尊顔を拝見したいのです。あなたが送ってきた手紙。そこに添えられたシロップの香りだけで、私もルイスも耐えがたい渇望にさいなまれる日々……。

無事に思いを通わせたという慶事を、私もルイスも、もちろん夫のロンダールも目の前で祝いたい！　お目にかかりたい！　だから婚約を発表するという形で、王都へ来られませんか!?　ていうか早く結婚してこっちに住んで！　そうしたら私、薬師様に毎日頬ずり……》

最後の言葉は、本人以外が後で気づいて横線を引いたのか、青いインクで消されていた。

「とにかく、女王陛下が熱望されているのは理解しました」

我が子への手紙とはいえ、赤裸々に書かれすぎていたせいか、マリアも悟らずにはいられなかった。

「付き合ったことを、もうご報告なさったんですか？」

めまいがするような気分で確認すると、レイヴァルトはにこにこと微笑んでうなずいた。

「もちろんだよ。女王陛下にとってもこんなに喜ばしいことはないからね」

だけど……。

「それにしても、婚約……発表……」

思わずつぶやいてしまう。

女王が、そういう形でマリアを呼ぼうとしているのはわかる。

辺境地から女王が一薬師を呼ぶのは、周囲から変だと思われてしまうけれど、王子が自分の婚約者として薬師を連れて帰るのなら問題ない。

そういうわけで、女王は『今こそ王都に青の薬師を！　私に会わせて！』と願っているらしいのだが。

「それで……その……」

レイヴァルトが恥ずかしがるように、視線をさまよわせた。

「私は早く、君が一生自分の側にいる人だということを公表したい。そのためにも……」

レイヴァルトが気持ちを定めたように立ち上がり、マリアの側で膝《ひざ》をついて見上げてくる。

「君の気持ちが固まっていないことはわかっていたから、結論を急いでいなかったんだけど……。先に婚約だけでもしてくれると嬉しい。そうして君の心が落ち着いたら、私と結婚してほしい」

「あ……」

求婚されたことに、マリアは目を見開いた。

（そういえば、はっきりとした求婚は初めてかもしれない）

遠回しに結婚の話はされていた。ずっと一緒にいるためには、結婚が必須となる。

だから決定的な求婚ではなかったものの、結婚しても大丈夫な理由を聞かされたり、マリアが不安に思っている身分を偽った件についても、度々《たびたび》「必ず守るから」と言ってくれていた。

話をしつつ、レイヴァルトがマリアの反応を見ていることもわかっていたのだ。

結婚相手が王子で、王位を継承する可能性があるとなれば、行く末は王妃だ。どんなにレイヴァルトが守ろうとしても、マリアが自分で乗り越えるべきことが増える。だからレイヴァルトは、マリアの覚悟が決まるまで待つつもりだったのかもしれない。

だからすぐにでも結婚まで一直線に進みたい、と願っているはずなのに、マリアの気持ちが定まるまでは……と、猶予《ゆうよ》を残した言い方をしてくれているのだ。

そんな人だからこそ、大丈夫だと思った。

マリアは微笑む。

「もちろんです」

マリアも、結婚するならこの人しかいないと思っている。

きっとマリアが王妃になったとしても、薬を作れるようにしてくれるだろうし、このガラスの森にも何度だって帰れるようにしてくれる。

「良かった。ありがとうマリア」

レイヴァルトも笑顔になって、マリアを抱きしめた。

「それで……婚約発表もしていいかな？」

「はい。王子殿下の婚約が、非公表というのは問題でしょうし」

人目を避けるように婚約をする必要なんてない。多少、後ろ暗いことはあるけれど。

なにせ、マリアの経歴はまがいもの。だけど『平民の薬師』だというのは本来のマリアの身分そのもので、紛《まぎ》れもない真実だ。以前は出生を誤魔化《ごまか》した『まがいものの令嬢』だったから、婚約の話から逃げるために、死んだふりまでしたのだった。

でも本来の自分になれた今は、堂々と婚約できる。

「これでようやく、私には愛してる人がいると大っぴらに言って回れる」

レイヴァルトは感慨深そうに言った。彼がマリアとの婚約をすぐに公表したいのは、そういう理由もあるらしい。

「触れ回らなくても、キーレンツ領の人達はみんな知っていそうです」

なにせレイヴァルトは、付き合うと決めて以来、マリアへの甘い態度を堂々と晒《さら》しているのだ。

「私は国内中に宣伝したい。私が結婚の約束をした人は素敵な薬師だってね」

レイヴァルトはそう言ってマリアの頬に口づけ、閉じた瞼《まぶた》にその唇で触れる。

マリアは改めて、好きになったのがこの人で良かったと思っていた。

薬師である自分を認めてくれて、自慢に思ってくれるのが嬉しい。

「私も、殿下の家族に会ってみたいと思っていたんです」

レイヴァルトの家族は自分に好意的なので、会いに行くのも怖くはない。

あと、レイヴァルトが生まれ育った場所を見てみたかった。

どんな場所でどんな遊びをしていたのか。

今までどんな風景を見て暮らしていたのか。

同じものを見たり感じたら、レイヴァルトがその当時思っていたことを、おぼろげながらに想像できるかも、とマリアは期待していた。

「ありがとう。少し滞在が長くなるとは思うけど、大丈夫かい？」

「病気の個体はいないので、少し離れても幻獣達は大丈夫だと思います。町の人のお薬に関しても、クリスティアンさんに頼めますし。でも、長く滞在というのはどうしてですか？」

「婚約するのなら、君の出自を固めておこうかと思って。養女に入る先と、養女になる前の経歴についても整えておかないと。だから一カ月は最低でも滞在することになるんだ」

色々とやることが沢山《たくさん》あるから、長期滞在になるようだ。

「わかりました」

そういうことなら仕方ない。

「あと、早めに準備をしてもらっても大丈夫かな？」

「かまいませんが……いつ出発するんですか？」

マリアは（三週間後くらいかしら？）と思いつつ聞いた。貴族の旅というのは、お付きの人も多いし、馬や馬車も沢山連れて行くから、決定から実行するまでにも時間がかかるものだから。

なのにレイヴァルトの答えはとんでもなかった。

「一週間後なんだ」

「ちょっと早すぎませんか!?」

思わずマリアが叫んでしまったのも仕方ないと思う。

レイヴァルトの方は、困ったように笑いながら理由を話した。

「せっかくなので、実の父の命日に墓参りをと思って」

「あ……」

レイヴァルトの実父、アルスファード前公爵はすでに亡くなっている。

命日が近づいているなら、その日に合わせて帰りたいと思うのも当然だ。

「配慮のないことを言ってしまって、ごめんなさい」

「気にしないで、マリア。君は命日がいつだなんて知らなかったんだからね。それに今年は帰る気はなかったから、誰からもそんな話は聞かなかっただろう？」

気を遣ったレイヴァルトがそう言ってくれた。

「ただ予定を早めたのは、どうせ王都へ行くのなら、君を父にも紹介したいと思って」

「そうだったんですね」

今生きている母親と第二の父親は顔を合わせることができるけれど、レイヴァルトの実の父にはもう会うことができない。なので命日に墓参りに一緒に……と思ってのことだったらしい。

「ぜひお会いしたいです」

マリアがそう答えると、レイヴァルトはとても嬉しそうに笑ってくれた。


その日すぐ、マリアは出発の準備に取りかかった。

まずマリアは、町中で薬屋を営んでいるクリスティアンを訪ねた。

煉瓦《れんが》造りの瀟洒《しょうしゃ》な内装のお店の中に入る。今はお客がいないようで、店の中は静まり返っていた し、クリスティアンの姿もない。

でも奥から物音が聞こえるので、家の中にはいるようだ。

「こんにちは」

声をかけると、クリスティアンはすぐに出て来てくれた。

「……ああ、あなたですか」

長い黒髪を結んだクリスティアンは、いつものシャツとズボンという軽装の上から、白い裾長の上着を着ていた。ところどころに茶色や緑の粉がついているから、お客がいないので薬を作っていたことがわかる。

「お忙しいところすみません。実は来週から、王都へ行くことになりまして……」

話すと、クリスティアンの目が光った気がした。

「もしかして、王子殿下とご一緒ですか？」

「はい」

隠すようなことでもない。マリアとレイヴァルトの仲の良さは知れ渡っているので、否定せずにうなずいた。

するとクリスティアンは爽《さわ》やかな笑みを見せた。

「なるほど。帰って来るまで一カ月はかかりそうですね？　むしろそのまま帰ってこられないことになるかも……なんてことがあるのでは？」

「ええと、帰って来るつもりですが……。私がいない間、お薬のことでご迷惑をかけそうなのが心配で……こうしてご挨拶に来ました」

マリアがいなくても問題はないとは思う。

今まで、クリスティアンが一人でキーレンツの町の人々の薬を作っていたのだから。でも最近は、マリアと手分けをしていることが多かったし、幻獣の問題で予想外の薬を作成するはめになったりもしていた。

何か問題があった時には、クリスティアン一人に苦労させることになる。だから気が引けていたのだ。

しかしクリスティアンの意見は違った。

「何を言っているんですか！　きっと女王陛下へご挨拶をするのでしょう？　結婚にはとっても必要なことですからね。しかも相手が王子殿下なのですから！　そうなれば、ご結婚後は城か王宮で薬を作るといいですよ？　そうしたら『青の薬師』様の家が空くでしょうから、私が入居しますので！」

拳を握ってそう力説され、マリアは笑うしかない。

クリスティアンは清々《すがすが》しいほどに自分の欲求に正直だ。

彼はずっと、伝説の薬師『青の薬師』になりたがっていた。過去に『青の薬師』の称号を持つ者が住んでいた家を手に入れれば、自分も『青の薬師』と呼ばれると思っているみたいだ。

(けど、そうじゃないのよね)

真実は教えられない。

なにせ『青の薬師』というのは、はるか昔に幻獣とお互いを守りあう契約をした薬師とその子孫だけの称号だ。

でも秘密でもあるので、マリアの口から打ち明けることはないけど。

「ええと、がんばってくださいね！」

あいまいに返事して、マリアは早々に退散した。

その日は大まかに荷物のより分けをした。

王都まではおおよそ四日の行程になる。その後の滞在期間のことも考えると、どんどん荷物がかさばりそうだった。

「そういえば、王宮でこの服を着るわけにはいかないわよね」

つぶやいてじっと見つめるのは、この家に来てから揃《そろ》えた服だ。

森の側の家に住んでいるし、行き来するのはほとんど城下町。

薬を作った時の汚れが目立たないように……なんて考えて買っていたら、緑に茶色、黒に紺色と、けっこう地味な色のとりあわせになっていた。

「でも貴族令嬢の時だって、あんまり派手じゃなかったし」

農地がすぐそこに広がっている伯爵領の館だ。庭に畑も作っていた関係上、白いレースや光沢のある絹で着飾るなんてもっての外《ほか》。すぐに土まみれになるし、マリアは服より薬の材料にお金をかけたかった。

無欲というより、実利をとった結果である。

「あ、でもあれがあったわ」

レイヴァルトが住むキーレンツ領の城には、マリア専用クローゼットが存在する。

お城に住んでいるふりをした時に、なぜかレイヴァルトが王都にいる女王と謀《はか》って、何着もドレスを仕立てて準備していたのだ。

そちらを借りれば、十分足りるだろう。

だからマリアは、持って行く鞄《かばん》の中には思う存分に薬の材料を放り込むことにした。

「ええと天秤……は入らないか」

抱えるほどの大きさの天秤は、鞄に詰めるには難しい。分銅も持って行くと、かなりかさばる。

マリアは天秤を持ち込むのはやめることにした。

「薬研《やげん》は……ううう」

こっちは重すぎる。鞄の底が抜けてしまいそう。箱に入れて運ぶしかないけど、あまりに荷物が多すぎるのも問題だ。

「でも何かあった時に、薬が作れる状態にしたいのよね」

王宮でなら、道具を借りられるだろうか。そうだとしたら、素材の方を持ち込むべき？

「……薬の素材にしよう。あと、瓶と杯《カリス》をいくつか」

素材も大事だけれど、瓶と杯《カリス》は特殊なので持って行きたい。

どちらもガラスの木に生《な》る物だ。

瓶や杯《カリス》は木の枝に実るようにできる。

その木の性質によるものか、少しずつ違う能力が宿っていて、中に入れた物を熱したり冷やしたりできる便利な道具なのだ。

特に杯《カリス》は薬を作るのに重要で、最後にその薬の性質をまとめ、変異させてより効果を高める作用を持つ。そのため薬師は必ず杯《カリス》を持っているし、杯《カリス》を持たない者は薬師と認められないぐらいだ。

とはいっても、ガラス。

鉄製の薬研ほどではなくても、けっこう重い。

「沢山は……持って行けないわよね」

マリアは悩んだ。

杯《カリス》は絶対必要だ。そして器材が揃っていない場所だったら、なおさら瓶は欲しい。

悩んだ末……。

「よし、交渉しよう」

マリアはドレスの量を減らしてでも、一箱分の薬の道具や材料を馬車に積んでもらえないか、交渉しようと心に決めたのだった。


その翌日、マリアはガラスの森へ入った。

忙しくなければ、ほぼ毎日のように、マリアはガラスの森へ行く。

ガラスの森は『奥に入ればガラスにされてしまう』と言われているし、実際に幻獣を怒らせてガラスにされてしまうこともないわけではないらしい。

が、マリアは別だ。

幻獣に無条件で愛されるマリアは、決して幻獣に襲われることはない。

たとえ人を襲い始めても、マリアがそこにいれば彼女に甘えに行ってしまうのが幻獣だ。

そんな幻獣達の健康を、マリアは自主的に確認するようになっていた。

「そうか。旅に出るとここにはしばらく来られなくなるのよね……」

一カ月近く留守にするのだから、念入りに幻獣の様子をみておいて、彼らが困らないようにしておきたい。

マリアが森の中心部へ到着すると、そこには沢山の幻獣が集まっていた。

次々にマリアに挨拶に来ては、足元や腕、背中にすり寄っていく。そんな幻獣達をマリアは撫でつつ、様子を観察した。

特に怪我《けが》もないし、弱っている様子もない。元気そうだ。

そうして幻獣達があらかた通過していくと、その奥にレイヴァルトがいた。

今日は八時間だけ効果のあるシロップを使ったのか、手元に二匹のハムスターを抱えていた。

二匹はぴょんとレイヴァルトの腕から飛び降りると、マリアに駆け寄ってスカートの端を掴《つか》んだり、周りを走り回って遊び始める。

——可愛《かわい》い。

ほのぼのと見入ってしまうマリアに、レイヴァルトが歩み寄った。

「今日もみんな元気そうだね。旅の準備で困ったことはないかいマリア？」

レイヴァルトの方から聞いてくれて、これは好機だとマリアはぽんと手を叩《たた》く。

「殿下、ご相談があるのですが」

「何だい？」

「私の荷物、どれくらい持って行けますか？」

まずは限界量の確認だ。

それによって、持って行く薬の種類などを考えようと思った。

レイヴァルトはにっこりと微笑む。

「馬車一台分まで大丈夫だよ？」

「一台分！」

沢山積める！　思わず器材の全部載せを想像してしまったが、それはないだろうと自分を戒《いまし》める。

「衣装も含めてですよね？」

「そうだね。ドレスは城で保管している物を持って行くから心配しないで。食事もこちらで別に準備しているし、宿泊先でも用意してもらえるから大丈夫だよ」

それを聞いて、マリアは頭の中で計算する。

ドレスを載せるとしたら、それだけでもけっこうな量だ。折り畳むわけにはいかないからだ。

そうなれば、他に載せられるのは……。

「ドレスの櫃《ひつ》と同じ大きさの箱は、一つ載りますか？」

それだけあれば、かなりの量の材料と瓶や杯《カリス》が持って行ける。

「問題ないと思うよ。櫃二つ分は君のために空けておくように指示しておくからね」

「ありがとうございます！」

マリアは万歳したいのをこらえながら、礼を言った。

これで沢山持って行ける！

内心では「あれもこれも持って行こう！」と夢が広がっていた。

「そういえばお願いがあるんだけど」

今度はレイヴァルトからお願いされた。

「出発から到着まで、できればこの間作ったあのドレスを着てほしいんだ。こちらで全て持って行くし、身支度を手伝う召使いも連れて行くから……」

「わかりました」

即答でマリアは受け入れる。

王子の側にいるのなら、体裁《ていさい》を整えなければならないのは承知していた。レイヴァルトに恥をかかせたくはないのだ。彼はどちらかというと、国内貴族からの受けが悪いと聞いていたから、なおさらに。

「ありがとう」

レイヴァルトはうなずいたマリアにお礼を言う。

「城にあるもので往路は問題ないけど、王宮で着るには足りないと思う。でも母の方で新しく作らせているはずだから、着替えも心配いらない。安心してほしい」

え？　とマリアは目をまたたいた。

「また作ってるんですか？　でも直しが必要になるのでは……？」

レイヴァルトの城にあるドレスは、標準的な女性のサイズで作らせたドレスを、マリアのサイズを知っている仕立て屋の手を借りて直したものだ。

「心配ないよ。君のドレスを直した者から、城の家政長を通してあちらに伝えているよ」

にっこりと他意無く微笑むレイヴァルトに、マリアは苦笑いするしかなかった。

「そうでございますか……」

とうとう、王宮の女王陛下の元まで自分のサイズが届いてしまったようだ。

なんだか恥ずかしいが、仕方ない。

「ドレスについて、ご配慮ありがとうございます」

お礼を言っていると、離れた場所でなにやらごそごそと地面を探っていたハムスター達が、四匹ほど連れだって寄って来た。

レイヴァルトと一緒に、何だろうと見ていると……おもむろに、大きめのガラスの葉を掲げた。

そこには一単語ずつ「僕」「たちも」「ついて」「行きたい」と書いてある。

「え、行くのかい？」

「ていうか、森を離れても大丈夫なんですか？」

驚くレイヴァルトに聞いたが、彼は難しい表情をする。

「移動はできると思うし、幻獣は元々そうしてあちこちからガラスの森へ集まるものだけど……。居ついた幻獣が遠くへ移動するのも、人について行くのも聞いたことがないんだ」

レイヴァルトも困惑している。

「ガラスの森から移動する薬師について行く個体って、いたんですか？」

「そういった事例は本でも読んだことがないよ」

薬師に幻獣がついて行くとしたら、ガラスの森以外にも沢山の幻獣がいていいはずだ。なにより、青の薬師を見つけるのも簡単だと思う。幻獣の寿命はとても長いので、その薬師が亡くなっても子孫の側にいるはずだから。でもそんな話は聞いたことがない。

「……旅行について行くのは、今回だけなのかい？」

レイヴァルトはハムスターに聞いてみることにしたようだ。

尋ねられた四匹は、キュキュキュと鳴いて相談し合い、再びガラスの葉を拾って何かを書いて見せてくれた。

「必要な時だけそうする？　どう必要なんだ？」

重ねて問うと、ハムスター達がさらに掲げた葉には「そういう」「気分の」「時も」「ある」と書かれていた。

「気分？」

今回はそんな気分になったから、王宮までマリアについて行くことにしたらしい。

レイヴァルトはうーんとうなる。

「考えても仕方ないか……。まぁ、ハムスター達がついて来るのなら、私にとっては好都合なのだけど」

僕
たちも
ついて
行きたい

「好都合……ああ、わかりました」

レイヴァルトが幻獣に避けられなくなったと、道中も喧伝《けんでん》することができるからだ。

完全に治ったわけではないけれど、八時間も幻獣に避けられない薬ができたのだから、レイヴァルトの悪い評判は覆《くつがえ》すことができるだろう。

「ただ一つ、気になることがあるのですが」

マリアは挙手して言った。

「なんだい？」

「ガラスの森の守りの方は大丈夫なのでしょうか？　お祭りの一件以来は、密採取者も来なくなりましたけれど」

マリアが心配しているのは、ガラスの森のことだ。

他国から楽師のフリをして来た間者を捕まえて以来、すっかり密採取者はいなくなった。

でも密採取は前からあった問題だったのだ。

おそらくは間者を排除する前から、レイヴァルトが行っていた政策も功を奏したのだろう。

レイヴァルトは取り締まりと同時に、雇用にもテコ入れをしていた。

たいていの密採取者は、貧困のために手を染める。なのでレイヴァルトは、借金や貧困問題をどうにかするべく、新たな仕事を増やした。

小さな仕事ばかりではあったものの、生活の足しに少し仕事を増やしたい人や、女性もできる仕事も多かったので、キーレンツ領の人々の生活はやや向上し、ガラスの森へ危険を冒してでも入る人間が減った。

　とはいえ、全く問題がなくなったわけではない。

「そうだね。また他国の人間が扇動しないとも限らない。人質をとって従わせる場合もあるしね。だとすると、他の抑止策もいるかな。私の不在を好機だと思われるのは困るし……」

　そこでレイヴァルトがぽつりとつぶやく。

「森に、竜の姿でもあればいいいんだけどね」

「竜ですか」

「うん」

　レイヴァルトはうなずいた。

「火薬でも敵《かな》わないと、諦《あきら》めるほど強い幻獣がいれば、この森を標的にする人間は少なくなる。私がいないことでの警備の緩みを狙う輩《やから》は、活動を控えると思うんだ」

「この森には、他に竜はいないのですか？」

　いたら今までの事件の時にも出て来ただろうし、いないとは思うけど、一応尋ねてみた。

「今はたぶん私だけだ」

　レイヴァルトは、幻獣の血を引く人物だ。先祖返りなのか、竜の姿に変わることができる。

「幻を作るにしても、どこかに張りぼてを作って、ハムスター達に霧を発生させてもらって誤魔化すとか、そういうことしか思いつかないな」

　レイヴァルトは実行できないかを悩み始めた。

マリアもいい案がないか考えた。

幻覚を見せるのは、ぱっと幻獣の力で実現できないようだ。それなら、マリアが幻覚を見る薬でも作って、ばらまいてもらった方が簡単かもしれない。

いや、竜に見せかける物をどうにかするより、人を配置して、レイヴァルトに似せた方がいいのでは、とマリアは思うのだ。

(相手が警戒するのは、王都から異動して来て着々と密採取者を排除していったレイヴァルト殿下だ。実は領地にいるかもしれない、と思える方が……いいかも?)

そこでマリアは提案してみた。

「あの殿下。もしかして、殿下が実は王宮に戻っていない風を装った方がいいのではありませんか? たとえば、城の兵士の誰かに殿下の衣服を着てもらって、森の外側を歩いてもらうとか。そこにハムスターが霧を出してくれたら……」

「誰かに私の扮装《ふんそう》をさせるのか……。いい案だと思う。ただ、霧の中でうっかり森に踏み込んでしまった時、ハムスター以外の幻獣がどう動くかが心配だ」

幻獣達を統率しているレイヴァルトがいないのだ。

うっかり攻撃してしまう個体がいるかもしれない。

幻獣は縄張り意識の強い者もいるのだ。そんな幻獣がガラスの森から出て行け! と蹴《け》っただけで、人間は大怪我を負う。

協力してくれた兵士が被害を受けては困るし、嘘だったことも一気にバレてしまう。

「しかし捨てるには惜しい案……」

つぶやきつつ、レイヴァルトはふっと遠くにいるハムスターに目を留めた。

十数匹が固まってこちらをうかがっている。

(どうしたのかしら?)

マリアが首をかしげていると、レイヴァルトがハムスターに言った。

「その中に、人に変化できる者がいなかったかい?」

「ございます」

答えたのは、中の一匹である黒灰色《こくかいしょく》のハムスターだ。

ふっとその姿がかすんだかと思うと、次の瞬間には人の姿になっていた。

そこに立っていたのは、レイヴァルトの騎士ラエルだ。

幻獣ハムスターが本性のラエルは、力が強いので人化ができるのだ。

(というか、しれっとまざっていたのね)

他にも灰色のハムスターはいるので、一体どれがラエルなのかわからなかったのだ。今日はいないかも?　と思っていたのでマリアは内心でびっくりしていた。

ラエルの方は、レイヴァルトの質問に答える。

「こちらの者達は人化ができます。髪色も、殿下に近い感じかと」

そう言って、ラエルがポンと手を叩くと、隣にいた二匹のハムスターが一瞬で人の姿に変わった。

髪の色は元の毛並みと同じ、亜麻色と灰色。

ラエルと同じような背丈で、年の頃も二十代の青年のように見える。

レイヴァルトも二匹を見てうなずいた。

「背は似たような感じだね。服さえ私のを着せてしまえば、霧の中なら顔がわからないだろう」

顔立ちはさすがに違うので、隠した方がいい。そのためにもハムスターが霧を発生させるのは必須のようだ。

そんなレイヴァルトの言葉に、二匹はやる気満々で答えた。

「やってみせますん！」

「がんばるっす！」

元気な返事だったが、マリアは苦笑いするしかない。

（セリフも考えておいた方がいいかも？）

素でしゃべったら、別人だとまるわかりだ。

それでも、こうして森に自由に出入りできる人間（の姿をしたハムスター）がいれば、レイヴァルトが王都へ戻ったのは嘘だと考えて警戒するだろう。

「十分だと思います。ぜひ頼みましょう」

マリアがそう言うと、レイヴァルトもうなずいてくれたのだった。

そうして準備を整え、一週間後、マリアは旅立った。

マリアが旅をするのは、かなり久しぶりになる。

直近の旅は、伯爵令嬢だった頃に他領のパーティーへ招かれた時の往復路だった。

伯爵家の馬車に乗り、ほんの少数の騎士と従者、召使いと御者、そして養父と一緒に、二台の馬車を仕立てて進んだ。

ギリギリ伯爵家の面子《メンツ》を保てる……かな？　という少し裕福な商人の旅という感じだった。

でもマリアは楽な旅だなと喜んでいたのだ。

なにせ幼少時、実の母と一緒の時に経験した旅はとても大変だったからだ。

平民親子の二人旅で、強盗にも警戒しつつ行動するのは一苦労で。行商人を探して同行させてもらったり、途中で旅費を稼いで進むのは時間もかかるし、不便も多かった。

今回はその二例より、ずっと恵まれた旅だ。

馬車も荷物用に三台、召使いに一台、従者に一台、そして騎士が十数人と兵士もつき、交代の御者も連れて行くのだ。

王子の旅にしては少なめだが、今までで一番の規模に、マリアは内心で「すごいなぁ」と思っていた。

さらにすごいことも付随してきた。

マリアとレイヴァルトが乗った馬車の横を、いつの間にかハムスターが並走していた。

十四ぐらいではあるけれど、大型のハムスターが馬の間を普通に走っている姿というのは、なんとも妙な感じだ。

前後にいる騎馬が、戸惑っている。

「旅について行きたいとは言っていたけど、並走するとは思わなかった……」

レイヴァルトの方は、いつでもハムスター達が見えることが嬉しいようだ。楽しそうに、時々窓の外を見ている。

「幻獣達と一緒に旅ができたら楽しいだろうなって、ずっと憧れてたんだ。夢が叶《かな》って嬉しいな」

その無邪気な笑みが、なんだか可愛い。

（うん……なんかこう、前から少しはそういうところがあったけど、恋人になってからは可愛いところの方が目につく気がする）

以前はレイヴァルトの秀麗さとか、強さや優しさに目が引きつけられていた。

けれど、最近はちょっと違う。

お付き合いを始めたから……の変化なんだろうか？

そんな風に考えてしまったマリアに、馬車内の隣に座っていたレイヴァルトが顔を寄せる。

「それにしても、今はあのシロップを服用していないのに、ハムスター達は馬車の近くにいても平気みたいだね。馬車の中にいれば、私の匂いは気にならないのかな。どう思う？」

「どうなんでしょう？　問題が匂いだというのなら、多少は違うと思いますが……」

箱の中に入れてしまえば、香水瓶の匂いだってわからなくなる。マリアがそれを想像しつつ答えたら、レイヴァルトがマリアの髪に手を伸ばす。

「それとも君のかぐわしい香りのおかげで、打ち消されているのかもしれないね」

一筋すくった髪を持ち上げ、レイヴァルトは口づけた。

マリアはくすぐったくて、つい肩が跳ね上がる。髪に感覚はないはずなのに。

それからハッと気づいた。

馬車の窓から誰かに見られるかもしれない。

「あの、窓から見えるかもしれないので……」

マリアとしては、その言葉で恋人同士らしいことを控えてくれれば、と思ったのだけど。レイヴァルトは窓にカーテンを引いてしまった。

(待って！　急にそんなことしたら、見られちゃ困ることしてると思われる！)

慌てるマリアの首筋に、レイヴァルトが顔を寄せる。

「君の嫌がることはしない。だけど、ゆっくり抱きしめることぐらいは、させてもらえると嬉しいな。せっかく一緒にいられるんだ。最初にこうして堪能《たんのう》しておけたら、きっと後からは我慢できると思うから」

今だけなら、ちょっとはいいかなとマリアの心がゆらいだ。

「ほ、ほんとうに我慢できますか？」

念のために確認すると、レイヴァルトは何度もうなずく。

「そ、それじゃ。少しだけ……」

許したとたんに抱きすくめられる。

まあこれぐらいならと思ったら、そのまま持ち上げられて、レイヴァルトの足の上に座らされてしまった。

「ちょっ、殿下⁉」

「君が、体をひねってる姿勢が大変そうだったから。この方が楽だろう？」

「楽ですけど、でもこれは……」

付き合い始めてまだ日が浅いから、抱きしめるのと、口づけぐらいしかしたことがない。

こんなにぴったりとくっつくなんて、そうそうないのに。

「少しだけだから。ね？」

なだめるように懇願されたら、マリアははねのけられなかった。

彼の側にいるのは落ち着くし、抱きしめられている時の、守られるような感覚をまだ感じていたいと思うから。

だけど心臓だけはどきどきとして、息が詰まりそうなほどだ。

(私、こんなことを何度もされたら、旅の間に窒息死するんじゃないかしら)

そんな不安を抱いたマリアは、数分後に離してもらった後は、疲れ果ててしまっていたのだった。

一方で、道のりは順調だった。

唯一足止めされるのは、町中へ入った時だ。

そもそも、王子が通るというだけで、かなり目立つ。

今回はそれだけではなく、幻獣の森から離れた場所では見られない、ハムスター達が一緒にいるのだ。

しかもキーレンツの町周辺じゃないとお目にかからない大型のものとなれば、人目を引くのも当然と言えば当然で。

小さな町でも、大勢の人が走り寄って来て、遠くからハムスターを眺めていた。

大人も子供も、ハムスター達の姿にどよめき、もちろん早馬でその領地の領主へと話が伝わった。

おかげで、領主の館がある町を通る時には、毎回大仰な出迎えがあった。

町の前に、ずらりと並んだ人々がいたのだ。

「王子殿下！　このラタの町へようこそおいでくださいました！」

一番前にいた領主とその家族が、さっそく挨拶をしてくる。

みんな一張羅《いっちょうら》を着ているので、かなり早くからレイヴァルトがハムスターを連れていることが伝わっていたようだ。

町の前で待ち構えられては挨拶しないわけにもいかない。

レイヴァルトは諦めて馬車から降り、挨拶を受けた。

「出迎えに感謝する。でも気遣わなくていい。急ぐ旅なので、ここに逗留《とうりゅう》はできないんだ」

「さようでございましたか。それでもご挨拶できただけでも幸甚《こうじん》でございます。そして殿下に幻獣が同行されているおかげで、初めて目にいたしました。これが……ハムスター……」

領主もその後ろの人達も、ハムスターに目が釘付《くぎづ》けだ。

領主など、今にもハムスターの体をむにむにしたいのか、ちょっと持ち上げた手の先がわきわきしている。

ハムスター達は、馬車の後ろになんとなく隠れていく。その目が完全に町の人を警戒していた。

やだ……この人変態かも？

私、狙われてる？

なんてことをハムスター達が思っていそうだ。

マリアも、あのわきわきする手はダメだと思う。ハムスターのふわふわの毛を堪能したいのかもしれないが、ハムスターの側にも人を選ぶ権利というものがある。

(そもそも嫌がった場合、人間の方が危険だしね)

可愛い外見に騙《だま》されそうになるけれど、ハムスターも幻獣だ。怒らせると集団で人に攻撃することだってある。

レイヴァルトも、ハムスター達の精神安定上よろしくないと判断したようだ。

近づけないように、けん制した。

「すまないが、ハムスターはペットではないので、触れることは許されない。彼らは幻獣だ。私に好意を持ってついてきているだけで、うかつなことをすると、たちまち爪で引き裂かれてしまう。注意してほしい」

レイヴァルトのセリフを聞き、ハムスター達が自分の手の爪をシャキーンと伸ばして見せる。

あんなに伸びるんだ……と記録したくなるマリアとは違い、領主達はハムスターが攻撃する生き物だということを思い出したらしく、顔を青ざめさせた。もちろんわきわきしていた領主の手は、そっと背中に隠された。

「教えていただきありがとうございます。ええとでは、よろしければ御昼食になるものをご用意しておりましたので、それだけお持ちくださいませ」

「感謝する」

それでも、珍しいハムスターを見られたせいなのか、そこまでがっかりした様子もなく見送ってくれた。

良かった……。とマリアは胸を撫で下ろし、ハムスター達のことを考える。

「このままだと、どこかでハムスター達がさらわれてしまいそうですね……。というか、さらおうとして、ハムスターに攻撃されて面倒なことになりそうな気が」

問題はそこだ。

ハムスターはそんな簡単に人に捕まらない。

人間の方が怪我をしてしまう。けど、あちこちで頻発《ひんぱつ》すると、ハムスターを連れて来ているレイヴァルトの責任にされてしまう可能性が高い。

「ハムスターが小さくなって、一緒に馬車に乗れるといいんだけどね」

レイヴァルトはつぶやいてからハッとする。

「私があのシロップを口にしておけば問題はないはずなんだ。けど、行きは良くても帰りの分が足りないかもしれない。どうにかできるかい？」

「薬、追加分を作っておきますね」

マリアはすぐにそう答えた。

「旅の間でも作れるのかい？」

「もちろん。材料は持ってきています！」

そのための、大量の荷物だったのだから。

レイヴァルトの対策が決まったので、マリアは休憩時にハムスターと話をすることにした。

「みんな小さくなって、馬車に乗ることってできるかしら？　このままだと、次の町へ行った時も町の人達にこっそり触ろうとされたり、追いかけまわされたりしそうで心配なのよ」

話を聞いた彼らは、キュッキュと鳴き交わして相談し、うなずいた。

そしてふわっとその輪郭《りんかく》がブレてあいまいになったかと思うと、マリアの握りこぶしほどの小ささになる。

「すごい、ちっちゃい！　可愛い！」

喜んだマリアの様子に気をよくしてか、ハムスター達はマリアのスカートに飛びつき、くっつく。

了承してくれたのだとわかったので、マリアは離れていたレイヴァルトに合図をする。

レイヴァルトはすぐに従者からシロップを出してもらい、服用。

こうして、ハムスターも馬車に乗せての道中となった。

対策をしたおかげで、宿泊予定の町では馬車の周囲に人だかりができることはなかった。

が、領主の館に逗留すると連絡はしておいたので、その町の領主が出迎えに来ていた。

「まぁまぁ殿下！　ご逗留に我が町をお選びくださりありがとうございます！」

両手を広げてそう言ったのは、この町周辺を管理している子爵だ。子爵は頭髪がふわふわとして赤ちゃんの髪の毛みたいになっている、愛嬌《あいきょう》のある顔立ちの壮年の男性だった。

彼の妻である夫人も一緒に並び、マリアと似たような年齢に見えるご令嬢も横に三人もいた。

彼女達は一斉にレイヴァルトに一礼した。

「一晩世話になる。が、あまり大仰な歓待はいらない。移動だけで疲れてしまっているからね」

レイヴァルトは挨拶に応じながら、早々に釘を刺す。

普通に歓待されてしまうと、休めないまま明日出発することになってしまうからだ。

「ではさっそく中へご案内させてくださいませ」

「ありがとう」

うなずいたレイヴァルトは、まだ馬車の中にいたマリアを振り返る。

「君は部屋に案内してもらって休むといい」

「はい、ありがとうございます」

マリアは応えて、馬車から降りた。

姿を現すと同時に、令嬢や夫人達の視線がマリアに突き刺さって痛い。

こうなると予想はしていたのだ。でも一部屋をマリアのために用意してもらえるよう連絡していたので、今隠れたとしても、部屋を使うとマリアのことは察知されるのだ。

変に隠すと、余計に疑惑を持たせることになるので、最初から堂々とすることにしていた。

「殿下、そちらのお嬢様はお付きの方ではないようですが……」

マリアのことが気になった夫人達がつっつき、視線で「聞いてよ！」と促《うなが》したので、子爵がレイヴァルトに尋ねた。

マリアは内心でハラハラする。

今回の旅の目的は『婚約』だ。

かといって、今はまだ婚約発表前。

王都で女王陛下から公表されるまでは、マリアはまだ『平民の薬師』なのだ。

婚約者として女王に紹介するのだと言っても、先方にしてみれば『薬師とはいえ平民を王子妃にするなんて本当かどうかわからない』と疑いながらの対応になってしまい、困らせるだけになる。

しかも娘達におしゃれをさせているのだから、レイヴァルトの目に留まるのを期待しているはず。そこに公表していないけれど、婚約者になる予定だなんて話したら……。

子爵一家からは嫌がられるだろうし、マリアへの対応が悪くなりそうで怖い。

だからといって、マリアを『平民の薬師です』と紹介すると、後々問題が出る。

王宮で婚約者として公表された後で、平民のつもりで対応していたことを気まずく思うはずだ。それどころか、黙っていたマリアをいじわるだと思うかもしれない。

人はけっこう、気まずさの原因を自分ではなく、相手に押し付けたがるものである。

そんな事故を避けるために、マリアは往路で『ワケアリの薬師』と主張することをレイヴァルトに提案していた。

レイヴァルトが特別扱いするような訳があると話しておけば、婚約者になった話をどこかから知った子爵一家と帰り道で再会しても、お互いに気まずさが薄まるはずだ。

そしてレイヴァルトはちゃんとしてくれた。

「こちらは、さる家から私が預かった薬師なんだ」

貴族の家が関わっているので、平民とは違うということを匂わせる。しかも王子が預かるとなれば、それなりの身分らしい感じだし、ワケアリの雰囲気があって詮索《せんさく》もしにくい。

普通に薬師として紹介するよりも、後々のことまで行き届いた紹介の仕方だった。

（さすが殿下！）

マリアはとても感心した。

「旅で疲れているようだから、彼女は部屋でゆっくりさせておいてほしい。ところでご夫人方を紹介してもらっていいかな?」

レイヴァルトはそう言って、美しく微笑んだ。

夫人達と、子爵やその背後にいた召使い達までもが、レイヴァルトの顔に釘付けになる。

その間にレイヴァルトが、後ろ手に手を振って合図した。

マリアはそれとなく一歩下がって、レイヴァルトの背後に少し隠れた。

(ありがとうございます、レイヴァルト殿下)

子爵一家の視界から隠れたことを知らせるため、マリアは後ろに回していたレイヴァルトの指先に、ちょんと触れる。

それでわかってもらえただろう。

レイヴァルトが小さくうなずいた。

「まずはどうぞお休みくださいませ。薬師様のお部屋も、お連れ様がいるとご連絡いただいておりましたので、用意しております」

子爵がそう声をかけてくれたので、ようやくマリア達は子爵の館へ足を踏み入れたのだった。

その後は、マリアは希望通りに自室で食事をとらせてもらい、レイヴァルトだけが子爵家の晩餐《ばんさん》に参加していた。

おかげで十分に休息できたので、翌日も元気に出発ができたのだけど。

その後二回、同じことが続いた。

そもそも、王侯貴族がお付きの人間や護衛を沢山引き連れて旅した場合、宿に泊まるのは難しい。

大人数を一気に収容できるところばかりではないし、そもそも貴族を泊められるほどの部屋の造り、広さ、料理や食器と、様々なものを揃えられる宿は希少だ。

貴族も裕福な商人も、頻繁《ひんぱん》に旅に出るわけではないのだから。

なので、たいていは領主の館に宿泊する。

地方貴族が中央貴族と縁を結ぶのにも、それが役立っているのだ。

マリアが、海の物とも山の物とも公言できない立場なので、やや面倒なことになっているだけ。

ただマリア自身については、おおむね問題なく経過していた。

困ったのは、時々元の大きさに戻りたがるハムスターだ。

隠しきれなくなり……特に子供がハムスターを欲しがって困る。

ある領主の館でも、問題が起こった。

それは、マリアがハムスターと一緒に家の庭へ出ようと、廊下を歩いていた時だった。

「そのハムスターを、飼いならす方法を教えなさいよ」

背後から声をかけたのは、十三歳ぐらいの令嬢だ。

腰に手を当てている彼女は、年齢に合わない大人向けの紫色のドレスを身に付け、髪を両耳横で結い上げた可愛らしい髪型をしていた。

せいいっぱい大人っぽくしようとしたドレスだけど、髪型は年齢通りにしてしまったせいか、背伸び感が強くなってしまっている。

ただ要求がハムスターだったことで、マリアはなんだかほっこりしてしまった。

(そうよね、可愛いものね。だけど貴族令嬢なら、こういうことはしないよう気を付けた方がいいのに)

頼み方が幼すぎる。

彼女ぐらいの年齢なら、話し方も大人びたものに直されるはずだ。なのに子供のままというのは心配ではあった。成長して社交界へ出た時に、彼女の評判は一気に落ちてしまう。教養が足りない、と言われてしまうはずだ。

そういうことは、家庭教師に一通り教えられるはずなのだが。

(でも、私が教えるのは難しいわ……)

まともに聞いてはくれないと思う。

たぶん命令口調なのは、レイヴァルトの話のニュアンスが通じていなくて、マリアのことを平民だと思い込んでいるせいだと思うし、平民を命じて従わせる存在だとしか思っていないから、教えようとしても反発されるはず。

さて、事を大きくしたくないし、どうしようかとマリアが考えていると、横から想定外の人がやって来た。

「薬師殿に御用ですかな？　私めが承《うけたまわ》りましょうぞ！」

レイヴァルトの騎士イグナーツだ。

大柄な青年イグナーツがご令嬢の前に立つと、マリアから相手が見えなくなってしまう。

なので様子を知りたくて、一歩横にずれた。

ご令嬢はひるんだ表情ながら、そこに踏みとどまっていた。

「なぜ騎士が邪魔をするのですか」

「王子殿下から、薬師殿をお守りするように命じられておりますのでな」

イグナーツは全く動じない。きっと彼は、この小さな令嬢どころか、その親が抗議しようとも態度は変わらないだろう。というかイグナーツは昔からレイヴァルトの側にいたと聞いているので、王宮でもこんな感じだったのかもしれない。

この子も早く諦めてくれないかな、とマリアは願う。

「どうして、そこまで薬師を大事にするの……？　だとしても、ハムスターを触るぐらいいいじゃない！　薬師に危害を与えているわけじゃないわ！」

「薬師殿はハムスターを保護するように命じられております。それを破れと言うのは、王子殿下の指示に逆えと命令するのと同じ。越権行為ですな。目こぼしできませんぞ！」

そんな命令は受けていないが、イグナーツの言う通りだということにしておこうと、マリアは口をつぐんだ。

「なっ、逆らえというわけじゃないわ！　ちょっと貸してほしいだけじゃないの！」

（ハムスターは可愛いですけどね）

そして王子には頼みにくいから、マリアに圧をかけて目的を達成したかったんだろう。

貴族令嬢だから、薬師のマリアに何かを命じようとするのは、問題にはなりにくいと思ったのに違いない。

だけどレイヴァルトの騎士であるイグナーツに、食ってかかるのは問題だ。

「貸すことも、殿下は許可されないでしょう。私はここを動きませんぞ。どうしてもとあれば、お父上に相談して、殿下から許可をお取りになるしかありませんな！」

「そんな……！」

彼女も、ハムスターに触りたいがために、父親を動かしてまで王子殿下に頼みごとをする勇気はないらしい。

二人を観察していると、ふいに第三者の視線を感じた。

振り返ると、少し離れた角から、こちらをじいっと見つめている小さな女の子がいた。

まだ六歳ぐらいの子供だ。髪色が目の前の令嬢にそっくりなので、妹なのだと思う。

やがて妹令嬢がマリアに言った。

「薬師様、かわいいハムさん、見てても？」

「見てるだけなら大丈夫だと思うわ」

可愛い質問に、マリアはうなずいた。

「王子様に怒られない？」

さっきの、姉とのやりとりを聞いてそう思ったのかもしれない。でも見たからといって減るものではない。嫌ならハムスターの方が隠れるだけだ。

「王子様は、ハムスターが嫌がることをさせたくないだけよ。ハムスターが嫌がらないなら、大丈夫」

「じゃあ見てる」

——かしこい。

マリアは感心してしまう。

姉の方は「その手があったのね！」とショックを受けている。衝撃のあまり動けなくなっているので、マリアは姉の方をおいて、妹を連れて行く形で廊下を進んだ。

イグナーツと姉令嬢から離れ、階段を下りたところで、踊り場に一人の騎士が待っていた。

「お付きが必要そうですからね、お供しますよ」

灰色の髪のラエルだった。

「ぜひお願いします」

先ほどのように絡《から》んでくる人はいないと思うが、複雑な状況の自分が、上手くあしらえる気がしない。

そうしてラエルを連れて、庭を散策すると、本当に見ているだけの妹令嬢に警戒を解いたのか、ハムスターが出て来て、彼女に撫でさせていた。

（北風と太陽……）

童話を思い出しながら、マリアはその様子を眺めていたのだった。

二章　初めましてと想定外の依頼

そんなこともありつつ、ようやく王都へやって来た。

道が丘の上にさしかかると、高い城壁が見えた。

白い城壁は緑萌《も》える畑が広がる周囲から、明るく浮き出て見える。

その城壁へ近づくと、あちこちの街道の合流地点が増え、人の姿も増えて行く。

馬車が五台は並べそうな道の中心を、マリア達の乗った馬車は進んだ。

そして城壁の門を通ると、王都の中だ。

砂色の石畳と白壁や赤い煉瓦の建物が並ぶ街並みは、とても明るい感じがする。窓辺の植木鉢からこぼれるように咲く赤い花と葉の緑が目に賑《にぎ》やかだ。

人も多い。

沢山《たくさん》の騎士を連れて行くレイヴァルトの馬車を、人も、馬も避けてくれるので、順調に大通りを進んだ。

「すごいですね。こんなに賑やかな場所に来たのは、初めてかもしれません」

さすがは大国セーデルフェルトの王都だ。

人の多さと洗練された街並みに、お祭りを見ている気分になったマリアはわくわくしてしまう。

「楽しんでもらえて嬉《うれ》しいな。王宮までは少しかかるから、景観を喜んでもらえて良かった」

ちなみにハムスターは、小さくなってマリアの鞄《かばん》の中に入れている。

王宮の門までは、そこそこ時間がかかった。

人がどんどん増えていく度《たび》に城壁を何度も作り直したのだろう、低い壁を三つほど潜《くぐ》り抜けた。

そうしてたどり着いたのが、小高い丘の上の王宮だ。

広大な庭の中、真っ白な尖塔《せんとう》に囲まれるように、優美な白亜の宮殿が建っていた。

宮殿の前には噴水と美しい植え込み、車寄せの場所がある。

そこに到着すると、エントランスの前には大勢の人が待ち構えていた。

「王宮には、人が沢山いるのね……」

「母上達が来ているから、人が多いんだと思うよ。女官や召使いに騎士まで揃《そろ》っているんじゃないかな。さぁ、降りよう」

外から「レイヴァルト殿下ご到着あそばされました」という知らせの声が聞こえた。

大音声なのはイグナーツだからだ。

外から、レイヴァルトの従者が馬車の扉を開ける。

光が差し込む方へ、先にレイヴァルトが出て行き、馬車を降りたところでマリアに手を差し出してくれた。

「さぁマリア」

「え、でもレイヴァルト殿下にエスコートされるなんて」

貴族の養女になる手続きと婚約の公表まで、マリアはただの薬師《くすし》でしかない。いくらセーデルフェルト王国での薬師の立場が強いとはいえ、せいぜい下位宮廷貴族と同じくらいの扱いのはず。

あらかじめこの王国の薬師について探りを入れたところ、クリスティアンにそう教えてもらったのだ。

薬師は丁寧に対応されるものの、王子殿下にエスコートされるのは目立ちすぎではないだろうか。

「母上もみんな、君に普通の薬師程度の扱いは望んでいないよ。むしろエスコートを騎士に任せては、私が何をしているんだと怒られてしまう」

そこまで言われては仕方ない。それにぐずぐずしていては余計迷惑をかけるかもしれない、という焦《あせ》りから、マリアは彼のエスコートを受け入れた。

レイヴァルトの手をとり、馬車の側《そば》に置かれた台を使って降りる。

まぶしさに、一瞬目がくらんだ。

地面に足がつき、まばたきしてようやく目が慣れたその時。

「待っていたわああああ！」

人が突撃して来た。

紫色の華麗なドレスを着た人が、間近に迫り――

「危ないですよ！」

レイヴァルトが間に入って阻まれた。

けれど相手は意にも介さない。

「お帰りなさい我が息子！　でも早く、早く彼女を！」

女性はレイヴァルトにがっちりと拘束されても、押しのけてマリアに手を伸ばそうとした。

綺麗《きれい》な金の髪を結い上げて宝石と銀細工の花飾りをつけた女性は、四十代も半ばに見える。

元気はつらつとした様子の彼女だったが、瞳の紫色はとてもレイヴァルトに似ていた。

そんな彼女を後ろから引き戻《もど》そうとしたのは、五十代くらいの、ほとんど白くなった髪を首元で結んだ男性だ。

「待ちなさい陛下、君の威厳が！」

その男性は焦っているのか、敬称を口にしつつも敬語が崩れている。

「ずっと待ってたの！　ようやく会えたのよ！　ああお願い、抱きしめさせてぇ！」

美しく紅をひいた唇からは、熱烈な言葉が飛び出し、目はらんらんとマリアを見据え、必死に手を伸ばそうともがく。

薬の禁断症状に陥《おちい》った人みたいで、マリアはドン引きしてしまった。

幻獣の血、こわい。

「落ち着いてください母上！　嫌われてしまいますよ！」

レイヴァルトの一言で、はっと女性は我に返った。

暴れるのを止《や》め、ささっと居住まいを正して一つ咳払《せきばら》いをする。

「失礼、少しはしゃぎすぎましたわ」

（はしゃぎ……？）

あれは『はしゃいだ』という表現ではなまぬるいのでは。

疑問には思ったが、何も言うまいとマリアは口を閉ざす。自分だって珍しい薬の材料が手に入ったら、あんな風になっているかもしれないし。

「ようこそ王宮へ。私は国主であるライザ・ニース・セーデルフェルトよ。待っていたわ、薬師のマリア。あなたに会ってみたくて、ずっとずっとこの日を待ち望んで……」

自己紹介をしたライザ女王は、ぽろぽろと涙をこぼす。

驚いていると、そっとマリアに近づいて、優しく抱きしめてくれた。

女性らしい柔らかな抱擁《ほうよう》に、マリアはふと、遠い昔に亡くした母を思い出す。

その時、ライザ女王がつぶやいた。

「ああ、これが幻獣の愛なのですね。懐《なつ》かしく穏やかな気持ちは、育ててくれた母や乳母《うば》への慕わしさに似ている気がします」

「幼子が感じるような愛、なのですか？」

女王の感想について問いかけると、ゆっくりと離れたライザ女王はうなずいた。

「私はそのように感じます。……そうでした、この子もよろしいですか？」

ライザ女王に言われてその手の先を見れば、彼女の背中に貼りつくようにしてこちらをのぞいている少年がいた。

まだ背丈はライザ女王よりも低い。金色の髪の少年は、白の上着がよく似合っていて、光に祝福されているように見えた。

紫の瞳は、ライザ女王と――レイヴァルトとも似ている。

「ルイスといいます、薬師様」

じっと見つめる様子は、遠く離れていた家族に早く抱きしめてもらいたい衝動を秘めているように感じられた。

「どうぞよろしく、マリアです。殿下」

手を差し出すと、満面の笑みで少年が飛びついてきた。

お腹《なか》のあたりにぎゅっとしがみつく様子に、マリアは小さな弟が自分の帰りを待ちわびてくれていたみたいに錯覚する。

「お会いしたかったです。お兄様が連れて来てくれなかったら、お母様を煽《あお》ってでもキーレンツ領に連れて行ってもらおうかと思っていました」

「ええと、あははは」

親を煽ろうなどと考えるこの子も、さすが王子様だけあって一筋縄ではいかないらしい。

そうして一通り挨拶が終わったからか、息子の姿を見つめる女王の後ろから、声がかかる。

「ご挨拶は十分でしょう、ルイス。陛下も、早く薬師殿とレイヴァルト殿下を休ませてさしあげた方がよいと思いますよ」

穏やかながら、はいもう終わりと諭《さと》すような口調だ。

発言した人物が、女王の隣に立つ。先ほどから女王の後ろにいた男性だ。

「お初にお目にかかります薬師殿。私が宰相のロンダールです。陛下の招へいに応じての参上、お疲れでしょう。部屋に飲物や軽食など用意させておりますので」

ロンダール宰相は由緒正しい壮年の貴族という感じだ。体格は縦も横も標準で、変に痩せているよりも健康的に見える。

ただ顔ににじむ疲労、目の下のうっすらとしたクマを見るに、血の気が足りない……おそらく疲労で食物の栄養が十分に取り入れられないのでは？　という疑いを感じる。

「そうとなれば胃薬……」

もしマリアが宰相の侍医だったら胃薬を処方する。

そんなことを考えていたせいで、ついつぶやきを漏《も》らしてしまった。

言葉を耳にしてしまったロンダール宰相は、はっとしたように息をのんだ。

「さすがは薬師殿、おみそれしました。素晴らしいお見立てでございます。最近は胃が弱ってきておりまして」

かしこまられて、マリアは慌《あわ》てた。

「あの、すみませんつい。顔色があまり良くなさそうでしたので……」

普通、頼まれてもいないのに、勝手に相手の病状や不健康の原因を言い当てることはしない。家族に心配されたくなくて隠す人もいるし、とにかく自分のことを他人に知られたくない人もいるのだ。

配慮のないことをしてしまったと慌てたが、ロンダール宰相は微笑《ほほえ》んで許してくれた。

「お気になさらずに。私は陛下や殿下のように人を見る目を持っているわけではありませんから、こうして薬師殿の実力がわかるのはとても有難いことですよ。さ、王宮の中へどうぞ」

「そうそう。沢山おしゃべりがしたいわ。私とお茶しましょうね」

ロンダール宰相に招かれ、ライザ女王に右腕を組まれて引っ張られる。

というか、レイヴァルトの帰還を出迎えるのが主目的のはずなのに、マリアにばかりかまっていていいのだろうか？

「後で必ずうかがいますから。行こうマリア」

レイヴァルトすらすっかりとそのことを忘れ、マリアの左腕に自分の腕を絡《から》める。

そんなマリア達のことを、エントランス前に勢ぞろいしていた女官や召使い達が、凝視《ぎょうし》していた。

自分達が目にしているものが、信じられないといった表情をしている。

（びっくりするわよね、これは……）

マリアの方は、多少は想定していた。とはいえ、ここまで女王陛下達が奔放《ほんぽう》とは思わなかったので、驚いてはいた。

想定もしていなかった王宮の使用人達が、マリア以上にびっくりしていて当然だ。

(変な風に思われていないといいけど……)

女王すら魅了する不思議な薬師、ぐらいならまぁ、仕方ない。詳《くわ》しい説明ができないので。

それにしても、国王が女性で良かったと胸を撫《な》で下ろす。

男性だったら、とんでもない毒婦扱いをされた可能性が高いのだから。

「さ、行こう」

マリアの心配をよそに、レイヴァルトが王宮内へ誘《いざな》う。

「はい」

マリアはうなずいて、歩き出した。


マリアの部屋は、レイヴァルトの部屋のすぐ隣になった。

というか、王宮の東翼にあたる棟一つがレイヴァルトの使用する区画で、連れて来た騎士や従者の部屋や、レイヴァルトを尋ねて来る客人用の部屋などがあるらしいのだけど。

「隣って、なんだかこう、あからさまに感じるような配置では？」

まだマリアはただの薬師で、レイヴァルトが気に入っているだけ……なのだが。

奥方のような部屋配置と、薬師には分不相応すぎる広さや豪華さにおののく。

「壁の装飾とか、すでに芸術品よね……」

美しく彫刻され、金色と淡い臙脂色《えんじいろ》で彩色された壁。そこにかけられた絵画は、芸術に造詣《ぞうけい》のないマリアでも綺麗で目に優しいと思える美しい風景画だ。

猫足の白い家具は、揃いで集めたものだろう、作りも装飾も統一感がある。

「そして衣装……」

レイヴァルトの城に保管してもらったドレスも持って来ているけれど、王宮のこの部屋のクローゼットにはもっと沢山の、きらびやかなドレスが待っていた。

「一応、レイヴァルト殿下に送ったものは、手加減していたのね」

クローゼットの中のドレスはレースの質から装飾、刺繍《ししゅう》にいたるまで細かで時間をかけて作られたものばかり。そこに真珠や宝石がちりばめられ、一着あたりいくらかかるのかを考えると、めまいがしそうだ。

一方で、わかってはいた。

「たぶん、これぐらいのものが必要なんだわ」

地方都市では大人しいドレスで良かったかもしれないが、王宮ではもっと華やかじゃないと、他の女性達のドレスに見劣りしてしまうのだ。

レイヴァルトの隣に立つ人間が、あまりに素っ気ないドレスではいけない。レイヴァルトが笑われてしまう。

案の定、すぐに召使いがやってきて、マリアに着替えを勧めた。

「無事のご到着をお喜び申し上げます、薬師様。女王陛下とのご歓談に向けて、お召し替えのお手伝いに参りました」

「ありがとう、お願いします」

マリアはうなずき、着替えを手伝ってもらうことにする。

ドレスは召使い達に候補を絞ってもらった。

なにせマリアは、セーデルフェルト宮廷での流行《はや》りがわからない。三つぐらい良さそうなものを選んでもらい、その中から自分の好みで決めようと思ったのだ。

そうして着たのは、カーネリアンのような赤のドレス。

肩もしっかりと覆われて共布で作られたチョーカーもあって、昼のドレスとしても問題ないはず――と、元伯爵令嬢の知識を使って判断する。

着せてくれた召使い達は、口々に褒めてくれた。

「お綺麗ですわ」

「とてもよくお似合いです」

「ドレスの色がお肌の白さを引き立てておりますよ」

仕上げに頬に真珠の粉をはたき、髪も綺麗に整え、上半分だけ結って花飾りをつけてくれた。

遠慮したのだけど、なぜか宝飾品まで用意されていて、マリアは金の耳飾りをつけることになる。

内心、チョーカーのおかげでネックレスはまぬがれたので、ほっとしていた。

そうして部屋を出ると、そこにレイヴァルトが待ち構えていた。

彼も着替えてきたのか、空の青を映したような色の裾長の上着にベストと白いズボン姿だ。

金のメダイや宝石を連ねた頸飾勲章《けいしょくくんしょう》はいつもの通りだけれど、上着の装飾の細かさと織り込まれている銀糸の輝きといい、王宮の中にいるのがふさわしい姿に見える。

晴れやかな表情をしていたレイヴァルトは、マリアを見て目を見張り、それからとても嬉しそうに微笑んだ。

「マリア、なんて綺麗なんだ……。そんなにも綺麗になると、このままさらってしまいたくなる」

「え、どこにさらうんですか？」

「もちろん私の部屋だよ」

しれっとすごいことを言われて、マリアはうつむきそうになる。

レイヴァルトは独占したいだけだとわかっているけど、なんだか落ち着かない気分になって、マリアはついついツッコミを入れてしまう。

「ずいぶん、近距離の誘拐《ゆうかい》ですね？」

「君らしい返し方だ」

レイヴァルトは笑いながら手を差し伸べる。

マリアは彼の手をとり、歩き出した。

マリア達と一緒に移動するのは、レイヴァルトと一緒に来ていたイグナーツとラエルだ。

イグナーツは王宮に慣れているが、ラエルは初めてだ。珍しい物がいっぱいで時折視線があちこちへ向けられている。ただ、神経質そうな外見のせいで、油断なく警戒している人みたいに見える。

おのぼりさんに見えない。ちょっと得かもしれないとマリアは思った。

「……あの実、もう少しで美味《おい》しくなりそうですね」

たまにぼそっとつぶやく言葉と、その視線の先にある姫りんごに気づかなければ、だが。

ラエルは本質がハムスターなので、木の実や果物に自然と目が向くのだと思う。

でも不思議だ。

なぜ王宮の庭に姫りんごがあるのだろうか。花は可愛《かわい》いけれど、観賞用に植えるのは珍しい木だと思うのだけど。

向かう先は、小広間だ。

薄青の湖の色のような壁面に、果実と木々を模した装飾がほどこされているとレイヴァルトが教えてくれた。

「加えて、あの広間でしたら調理場からも近く、食事も温かく食べられますからな！」

補足説明をしてくれたのはイグナーツだ。

広々とした格式の高い場所での食事より、マリアにとっても落ち着ける場所らしい。

家族に加えてもらえる、という感じがしてマリアは内心嬉しかった。

良い人だとわかっていても、やはり結婚相手の家族と会うのも食事するのも緊張するのだ。

(配慮も、好意を最初から持ってもらえるのも契約の薬師の血筋だったからこそ、なんだろう

けど）

　この体質で良かったと思ってしまう。

　そんなことを考えつつ歩いていたら、階段を下りたところで叫び声が聞こえた。

「また出たわ！」

「騎士は！　騎士はどこなの！」

「全員倒れています！」

「衛兵！」

「だめです敵《かな》いません！　今、殿下がいらっしゃいます！」

　どうやら争っているようだ。けれど王宮内でどうして？　とマリアは困惑した。

「殿下、それがしが様子を見てきます！」

　真っ先にイグナーツが走っていく。騒ぎが聞こえる廊下の角を曲がった向こうへ。

　だが――。

「うおっ！　あがああ!?」

　すぐにイグナーツの声が聞こえなくなる。

　あの元気な大声の主が静かにしているなんて、倒されたとしか思えない。

「私が参ります」

　ラエルが走り出し……。

「あなたは何なんですか!?」

驚く声と共に、ラエルがじりじりと後退してきてその後ろ姿が見える。

「殿下、異常です。これは……人ではありません」

それを聞いて、レイヴァルトも足を踏み出した。

「マリア、あまり離れないようについてきて」

レイヴァルトにマリアはうなずき、一緒に駆けつける。

するとそこには、妙な光景が広がっていた。

どうしていいのか、戸惑いながら警戒しているラエルから離れたところには、衛兵に止められているロンダール宰相がいた。

「ええい離したまえ！　陛下、陛下ぁぁぁっ！」

叫ぶロンダール宰相。必死な形相に、冷静そうな人だったのにとマリアは驚愕《きょうがく》するしかない。

そのロンダール宰相の前では、謎の青年がライザ女王にしがみついていた。

「来ちゃだめよロンダール！　あなたそろそろ骨折しやすい年なんだから！」

しがみつかれているライザ女王も、青年を引きはがそうとしているけれど、全く通じていない。

青年は、なぜかライザ女王の腰にしがみつきつつ、ニンジンをかじっていた。

「ニンジン？」

「なぜ……？」

マリアもレイヴァルトも、目を白黒させるしかない。

緊迫感があるのかないのかわからないが、恐ろしく異常だ。

ロンダール宰相が女王に近づかない理由は一目瞭然《いちもくりょうぜん》だ。

女王の周囲に倒れている、儀礼にも出席できそうな白いコートを着た衛兵達の数を見れば、女王にしがみついている青年がやたらと強いこと、ロンダール宰相では敵わないことはすぐわかった。

「なんなんでしょう、あれは……」

「わからないが、普通の人間ではないみたいだね」

ラエルの問いに、レイヴァルトが答えたその時だった。

ガリッ。

青年がニンジンをかじり、レイヴァルトを振り返り、ライザ女王から離れた。

「ライザぁぁぁ！」

ロンダール宰相が、座り込んだライザ女王を抱きしめに行く。

青年の方はニンジンを投げ捨てたかと思うと、口をもぐもぐさせながらこちらへ走って来たのだ。

「ひぃっ」

マリアは思わず硬直してしまう。

レイヴァルトはマリアを背後に庇《かば》う。

「くっ……」

困惑した様子ながら、ラエルが剣を抜くが、青年はラエルの剣の前で飛び上がる。

「えええ!?」

ジャンプ力がすごい。ラエルの身長の倍以上の高さを飛んで、レイヴァルトの目前に着地。

レイヴァルトが捕まえようとした腕を素早くかいくぐり——そうになったところで、謎の青年は、レイヴァルトに抱き着いた。

「ひぃっ！」

さすがのレイヴァルトも悲鳴を上げた。

初対面の怪しい行動をした人物、しかも同性にがっちりと抱き着かれて、レイヴァルトの表情がひきつった。

「殿下！」

心配したマリアが、思わず青年の腕を掴《つか》んだ。

青年はマリアを睨《にら》もうと目じりを吊《つ》り上げかけたが、すぐに真顔に戻り、より強くレイヴァルトにしがみついた。

「ぐえぇ」

圧迫されたレイヴァルトがうめくと、力を弱めた。レイヴァルトは息をつくが、青年が離れる様子はない。

引き剥《は》がそうとレイヴァルトが頑張っても、ラエルが手伝おうとしても、にかわで貼りつけたように剥がれなかった。

「……この男は何だ？」

しがみつかれたレイヴァルトが戸惑う。

マリアはレイヴァルトが無事だったことにほっとしながらも、首をかしげるしかない。

「一体何が目的なんでしょう」

抱き着くだけで、あとは何もしない。恐ろしく執着している……というには、ライザ女王陛下にも同じことをしていたし、対象はレイヴァルトだけでもない。

共通点は、王族ということ？

（セーデルフェルトの王族に共通するのは、幻獣の血が流れていることだ）

彼らは幻獣の子孫なのだ。

でもレイヴァルトは幻獣に避けられている。幻獣の血に反応しているとしても、何か違うような……。

ラエルも戸惑っているようだ。

「幻獣にしては……何かおかしい。でも、人間ではなさそうですし」

「マリア。すまないが、何かいい案は浮かばないか？」

「お待ちください殿下。少し考えて……」

危害は加えないものの、謎の青年がポケットから新しいニンジンを取り出してバリバリと食べ始める。

すぐに害はないみたいだ。

安心したせいか、青年以外の人達の様子が目に入るようになった。

ライザ女王はロンダール宰相に介抱されて、まだ座り込んでいる。

衛兵達は眠るように横たわったままだ。けれど特別に怪我《けが》をしている様子はない。安らかな寝息をたてていて、苦しそうな表情をしている人は一人もいない。

(睡眠薬を使ったみたい……)

それぐらいに変な状況だ。

でもさっき聞こえた叫びからすると、衛兵はみんなこの青年に攻撃されてこうなったのに違いない。

いつレイヴァルトへ同じことをするかわからない。しかも青年は、竜にもなれる幻獣の血を引くレイヴァルトだというのに、拘束し続けられるような人物なのだ。

下手なことをして、衛兵達のようにレイヴァルトが怪我でもしたら……。

困惑していると、新たな人物がやってきた。

「母上！　ああ、兄上まで！」

食事会に来る予定で向かっていたのだろう、ルイス王子が金の縁取りも美しい緑の上着姿で、廊下の向こう側から歩いて来ていた。その背後には衛兵達が複数人ついて来ていた。

けれど途中で足を止める。

「いなくなったら教えてください！」

ルイス王子は、反転して逃げようとした。

しかし謎の青年の動きが、さらに素早かった。

謎の青年はレイヴァルトから離れ、次の瞬間にはルイス王子をぎゅっと抱きしめていた。

そうして青年は、なぜかレイヴァルトをじっと見つめる。

――何かを懇願するみたいに。

「ぎゃあぁ、誰か助けて！」

叫んでもがくルイス王子は、どこかへ引きずられて行きそうになるが、ロンダール宰相が無情なことを言う。

「もう少しそのまま我慢してくださいルイス！　今陛下を逃がしますから！」

そして女王には甘い笑みを見せる。

「さぁ陛下。早く広間の方へ。衛兵！　扉を固めるのです！」

ロンダール宰相の号令に、ルイス王子とやってきた衛兵達が移動し、女王が入った広間の前に整列した。

「お父様ひどい！」

「母は女王なのだ、ルイス。なのに不審な輩《やから》にすがりつかれている姿を臣下に見られ続けては、政治的にも大変問題がある」

「また理論武装した！　パパの馬鹿！」

「馬鹿ではない、パパである」

真面目《まじめ》なのにおかしな二人の会話の合間に、マリアはレイヴァルトの様子を確認した。怪我をした様子はない。本当に、抱き着いていただけみたいだ。

「これ、どうにかできる方法はないのですか？」

レイヴァルトが、かゆみでもあるのか腕をかきつつ、マリアをロンダール宰相の方に連れて行きながら尋ねた。

「いえ、時間が経《た》つと、なぜか離れていくのです。それまで耐えきるしかなく……。どこかの部屋にこもってしまえば、それ以上は追ってこないのですが」

それを聞いて、マリアは試してみることにした。

「お願い、ちょっと手伝って」

ポケットの中にささやくと、そこからぽろぽろハムスター達が三匹ほど出て来る。

マリアの手に受け止められたハムスター達は、すぐさまルイスに抱き着いた青年を見て、警戒したように「チチチチ」と鳴き始めた。

「彼は幻獣かしら？」

同種の仲間なら、見分けられるのではないかと尋ねてみた。

くいっ。

一斉にハムスターが首をかしげた。

「これは……。判断がつかない？　違ったらもっとはっきりと表すはずだし」

ラエルだけではなく、ハムスター達にもわけがわからないらしい。一方で、区別できないのなら、幻獣だという可能性も残る。

マリアはハムスターがいなかった方のポケットから、小瓶《こびん》を取り出す。

ハッと振り向くハムスター達。

青年の視線もこちらを向いた。

（……いけるかもしれない）

マリアは廊下の窓を開けた。すぐそこが、庭園になっている。

「ていっ！」

蓋を開けた小瓶を投げる。

勢いよく放り投げた瓶は、弧を描いて庭園のかなり離れた場所へ落ちていく。

ハムスターが動いた。ぽんと元の大きさに戻った彼らは、小瓶に入ったシロップを追いかけて、開けられた窓から飛び出して行く。

そして謎の青年は、ちょっと迷ったようにニンジンと見比べ、ニンジンを持ったままハムスター達の後を追った。

「よし！　早くそこの部屋へ！」

レイヴァルトがマリアを連れて広間へ。ラエルと、次いでルイス王子が駆け込み、ロンダール宰相が扉を閉めた。

――ふっと誰もがため息をついた。

なんだか、おかしなことが起こっていたのだから、仕方ない。

やがて扉がノックされ、外から「問題の人物が消えました」と報告があった。

ロンダール宰相が安心したように扉を開け、詳しい状況を聞き取る。

その時マリアも廊下の様子を見たが、倒れていた衛兵達も起き上がり、自分で立って歩いていた。

扉を閉めたロンダール宰相は、ふっとつぶやくように言った。

「なんで、撫でられただけで倒れるんだろうな……」

命に別状どころか、怪我をして酷《ひど》い目にあったわけではないようだ。薬師としては安心できたが、不可解さは増していた。

「まずは座りましょう」

ロンダール宰相が声をかけてくれる。

昼食会の予定だったので、長方形のテーブルには真っ白なテーブルクロスと、レースで飾られた淡い緑のマットが敷かれ、食器がセットされていた。

レイヴァルトに教えてもらって、座るべきところに落ち着く。

一番奥の席がライザ女王。

その近くにマリア、レイヴァルトの順に並び、マリアの前にはルイス王子が。ルイス王子の隣にロンダール宰相が着席した。

本来なら、マリアは末席につくはず。

なのに女王に近い場所になったのは、ライザ女王がどうしても側に座りたかったのだと思う。

「せっかくのお食事会なのに、あんな騒動になってしまってごめんなさいね、マリアさん」

ライザ女王は悲しそうな表情で言う。

出迎えの時は暴走気味で、さっきはとんでもない状況だったせいでそこまで頭がまわらなかったけれど、こうして落ち着いてみると、レイヴァルトによく似ている美しい人だ。

いや、レイヴァルトが似ていると言うべきかもしれない。お母さんなのだから。

「母上、あれは一体何なのですか？」

レイヴァルトが尋ねると、ライザ女王どころか、ルイス王子やロンダール宰相までもが深々とため息をついた。

「ほんの数カ月前から出て来るようになったのよ。王族に何か執着があるのか、私やルイスにしがみついてきて……」

ライザ女王の続きを話してくれたのは、ロンダール宰相だ。

「神出鬼没で身元もわからない。当初は二週間に一度しか出没しなかったので、その時に対処するだけでいいと考えていたんですよ。時間が経つとどこかへ消えますので」

一カ月のうちに二度、短い時間だけひっつきに来る不審人物……という妙な事件だが、頻度《ひんど》が低いのとライザ女王やルイス王子に怪我もなく、ただニンジンをかじりながらくっつくだけ。どこから来たのかもわからず、探し出すのも難航し、なんとなくやりすごすことで済ませていたそうだ。

けれど、一カ月ほど前から出没が三日に一度になり、最近は一日一度は出てくる。

ロンダール宰相達が犯人を探そうとするも、あの青年はどこからともなく現れ、ふいに消え失せるので難航しているらしい。

「なにより近づけないのです。さっと触れるだけで、衛兵も私も、気絶させられてしまう」

「一度それで、ロンダールが頭にこぶを作ってしまって。私もルイスも怪我をするわけではないから、無理をしないでと言うのだけど……」

ライザ女王が心配そうにロンダール宰相を見るが、宰相の方は首を横に振る。

「あまりに頻回では、陛下の威厳が損なわれかねません。目撃した貴族達も、何事かと野次馬のようになって王宮へ来たがっているのですよ。それどころか、陛下が浮気をしているとまで噂《うわさ》する輩がっ……！」

ロンダール宰相がぐっと拳を握りしめ、テーブルを叩《たた》く。

どうやら、妻が浮気をしていると思われるのが、なによりも嫌だったようだ。可愛い実の子を犠牲にしてでもライザ女王を先に逃がしたのは、そのせいだったのか。

「なにより、陛下に他の男がしがみついている姿など見たくはないのですよ！　なんとしても、あやつを捕まえなければなりません！」

宣言したロンダール宰相に、ライザ女王は心配そうな表情のままだ。

レイヴァルトが同意した。

「そうですよね。私もあの男が、マリアにくっついていたら……絞め殺していたかもしれません。それを考えたら、自分にしがみつくのも耐えられます」

「おお、わかってくれますか！　殿下！」

ロンダール宰相が涙目でレイヴァルトを見る。

「もちろんですよ！」

「ぜひ協力してください！」

「ええ、必ず捕まえましょう！」

向かい合わせの二人は、立ち上がって握手する。

「継父ということで、どう関わるべきか悩んで上手くできなかったけど、こうして語り合えるようになって嬉しいです。レイヴァルト殿下……」

「ロンダール宰相……。いえ、お父さん、と改めて呼ばせてください」

「そう呼んでくれるのかい？　息子よ……」

ますます涙目になって、そっと目の端を拭《ぬぐ》うロンダール宰相。レイヴァルトはそれを優しい表情で見ていた。

「でも僕を犠牲にするの、もうやめてね」

隣のルイス王子は、まだ少しぶーたれていた。父に生贄《いけにえ》にされたことで、拗《す》ねてしまったようだ。

神出鬼没の男にニンジンを食べながらしがみつかれるなんて、子供なら恐怖を感じるはずだから、当然の反応だ。

でもマリアと目が合うと、にこっと微笑んでくれる。それどころか頬まで赤くして、すぐに謎の青年のことなど忘れ去ったかのようだ。

(幻獣の血って恐ろしい……)

　薬師に対してはあっさりと機嫌まで回復してしまうらしい。

　それを横から見たレイヴァルトが、ルイスに言う。

「でも、いつ捕まえられるようになるかはわからないな。その間は、ルイスにも協力してもらうしかない。王権がゆらぐと私達の生活だっておびやかされてしまう」

「それはわかっているんですが……」

　ルイスの反応は多少やわらいだものの、やはり嫌だという気持ちは拭えないようだ。

「ルイスだって、あの男がマリアに抱き着いたら嫌だろう？」

「それは絶対許しちゃいけません。協力します」

　レイヴァルトの例えに、ルイスはあっさりと手の平を返した。

「良かった。もう少しだけ、我慢してください。幸い、王族には危害を加えないみたいですから」

　ロンダール宰相は満足そうに、ルイス王子の頭を撫でた。

　その様子を、ライザ女王もレイヴァルトも、微笑ましいという表情で見ている。

(とても仲良しなんだわ)

　一番最初にこの国にやってきた時には、女王一家はぎくしゃくしていると聞いていた。その後、嘘《うそ》だということをレイヴァルトにも教えてもらったし、ライザ女王からドレスが贈られたりと、レイヴァルトの説明を裏付けるようなこともあったので、信じてはいた。

けれど実際見るまでは、多少は一線を引いているのでは？　と心配だったのだ。

マリアは家族で仲良くしている姿が見られてほっとした。

「まずはお食事にしましょう」

ライザ女王がベルを鳴らし、昼食会が始まった。

前菜には温野菜のサラダがとろりとしたレモンのドレッシングが添えられて出された。

その後にひき肉を包んだクレープにホワイトソースのグラタン、こんがりとした玉ねぎ色のスープ、そして肉をローストしてオレンジが添えられた主菜。

最後に置かれたのは、はちみつ入りのアップルパイだ。

軽い昼食どころか、しっかりとした量だったのに、美味しくてついつい食べてしまった。

「とても美味しかったです。ありがとうございます」

お礼を言うと、食後のお茶を飲んだライザ女王が微笑んでくれる。

「喜んでもらえて良かった！　なにが好きなのかしらってずっと考えながら、料理長と献立の相談をしていたのよ。女の子ですもの、沢山食べられないかもしれないし、甘い物が好きとも限らないわ。だけどやっぱり流行りのデザートも食べてもらいたいし、そうすると主菜が重すぎるのもどうかと思ったり。とにかくあなたが長くいてくれるのなら、もっと素敵なお料理も用意してみせ……」

「陛下」

暴走しかけたライザ女王を、ロンダール宰相が止めた。

「失礼」

優雅に謝罪したライザ女王に代わって、ロンダール宰相が話した。

「無理に滞在し続けなくても大丈夫ですよ。そこは殿下と話し合ってください。女王陛下は強く引き留めると思いますが、本能的なものだということで、お気になさらず」

「は、はい」

マリアは有難いと思いながらうなずいた。

女王陛下のお誘いを断っていいものかどうか、迷っていたからだ。

ロンダール宰相が続けて不思議なことを言った。

「私は生粋《きっすい》の王家の人間ではないので、詳しくはありませんが、青の薬師は自ら居所を定めるものと聞いています。森にいることが必要な時には、そのように。森にいなくても大丈夫だという場合には、別の場所に旅立つこともあるとか」

「必要かそうではないか……ですか」

マリアが来るまで、青のガラスの森の側に契約の薬師がいなかったのは、必要なかったからなのだろうか。

苦しむ幻獣はいても、なんとかなっていたから？

「ですので、全てマリア殿のお心のままにしていただければと思っております。あなたの心を曲げることがあれば、幻獣達も大騒ぎするでしょうからね」

そうしてロンダール宰相はライザ女王に小声で言った。

「だからあまり、引き留めないようにしないといけませんよ、陛下」

「わかったわ」

ライザ女王はしゅんとしながらも、大人しくうなずく。

それを見たレイヴァルトが、楽し気に言った。

「そうですね。王宮にいると、私がマリアを独占する時間が短くなりそうだし。まだキーレンツで過ごしておきたいと思っています」

ね、と同意を求められ、マリアは慌てる。

いくら自分に好意的だとはいえ、恋人の両親の前で独占したいとか、そんな話をするのは恥ずかしすぎた。

「あの、その、ゆっくり……色々と話し合っていきたいと思います」

「もちろん、沢山話そう。今日もこの後、庭の散策でもしながら……」

レイヴァルトが茶器を置いて、マリアの方に身を乗り出してくる。

伸ばされた手が髪に触れて、肩を撫でた。

人の見ている前では恥ずかしいので、マリアはやんわりその手を外させる。

「後にしましょうね」

「これだけでもだめなのかい？」

「だめです」

マリアだって、レイヴァルトに触れられるのは嫌じゃない。けれど、人前でやることではないだろう。

　自分のすごく個人的なことを公開しているようで、気持ちが落ち着かないもの。

　そこに嬉しそうな表情でライザ女王が言った。

「本当に仲がいいのねぇ。ところで、結婚式はいつがいいの？」

「まだ決まっていません。私はいつでもいいのですが」

　レイヴァルトがちらっとマリアの方を見る。

「とりあえず彼女が身分差を気にしていることと、以前の経歴のことがありますので、手紙でお知らせした通りに養女の手続きと、婚約の公表だけしに来たのです」

　レイヴァルトの答えに、ライザ女王は不満そうだ。

「すぐにでも結婚したらいいのに……」

「まぁまぁ。結婚は女性にとっても一大事。マリア殿の望む結婚の形を整えてあげた方が、後で良い思い出になって心に残るはずだよ。十年後、二十年後になっても、思い出す度に殿下を見直してくれるはずだ」

　ロンダール宰相がなだめてくれる。というか、ずいぶんと乙女心を理解してくれていて、びっくりだ。

「それでマリアが、ずっと私のことを愛してくれるなら……その方がいいかな」

　レイヴァルトはうっとりとマリアを見つめて言い、納得してくれたようだった。

「さすがロンね。よく気が付いてくれて有難いわ」

ライザ女王が褒めると、ロンダール宰相はとても嬉しそうにもじもじとした。

……やっぱり乙女だ。

養女先についていては、すでに手配がついているらしい。

「殿下の父君の家である、公爵家に養女に入っていただこうかと」

ロンダール宰相の話に、レイヴァルトは目をまたたいた。

「アルスファード公爵家ですか？」

「左様です。本当なら私の親族で手配できれば楽でしょうが、我が一族は少々柄が良くない。ですが殿下の父君のアルスファード公爵家の方々は品行方正で、我が国のことに精通していないマリア殿のことも大切にしてくださるでしょうし、盾ともなってくださるはずです」

普通、妻の元夫の家のことについて、こんなにも褒める人は珍しいのではないだろうか。

マリアは不思議に思う。

むしろそれほどに、ロンダール宰相の実家がよろしくないということ？

と思っていたら、ルイス王子が言う。

「お父様の一族で残ったのって、バルバトス伯爵家ぐらい？」

「よく把握していましたね、ルイス。そう、あの家だけです。なかなか尻尾を掴ませませんでしたが、我が姉君達の協力で、もうすぐ潰せそうです。そうしたらルイスの憂いもほとんどなくなるでしょう」

「そうなんだ、良かった」

父と子は和《なご》やかな表情で会話しているけれど、内容が不穏すぎる。

マリアに理解できたのは、ロンダール宰相の親族は王族にとって害になるので、宰相自ら失点を見つけては潰しているということ。そしてルイス王子も、それを教えられて理解していることだ。

「兄上の怪しい噂をばらまいていたのも、バルバトス伯爵家なんでしょう？　父上」

「ええ。上手く外国との関係も掴めましたからね。先日レイヴァルト殿下から送っていただいたあの薬師が、色々と話してくれて助かりました」

少し前に、森のガラスの花を盗もうとしていた一件で捕まえた薬師のことだ。どうなったのかと思えば、王都に送られてロンダール宰相が尋問を行い、情報を得ていたらしい。

「森に密採取者が出入りしていた事件も、父上の件も、まとめて解決しそうで良かったです」

レイヴァルトも満足そうに微笑んだ。

なるほど。こうしてあちこちに気を配っているから、ロンダール宰相は胃が悪くなりがちなのだろう。

事件の解決が、少しでもロンダール宰相の胃の状況改善に役立つことを祈るばかりだ。

「そうそう、それでアルスファード公爵がさっそく手続きのために来てくれることになっているのよ」

「それは有難いですね。手続きは早い方が嬉しいですし」

「マリアさんさえ良ければ、すぐにでも私が印を押すわ」

レイヴァルトは乗り気で、ライザ女王も決まったようなものだという対応だ。

「ええと。私はアルスファード公爵閣下のことを存じ上げないので、質問したいのですが、どんなお人柄なのでしょう?」

マリアは養女になるのは二回目だからこそ、新しい養父と友好的な関係を築けるかを心配していた。名前を貸してもらうだけにしろ、今後の長い人生の中で、実家となる家の人と全く関わらずにはいられないはず。

ライザ女王が、安心させるように優しく教えてくれる。

「穏やかな人よ。レイヴァルトの父の従弟《いとこ》で、以前は騎士として王宮に勤めていたの。だから私もロンダールも、レイヴァルト自身も彼のことをよく知っているわ」

レイヴァルトがうなずいた。

「優しい人だから大丈夫だよ。父や私のことをいつも気にしてくれていて、キーレンツにも公爵領特産のブドウを送ってくれるんだ」

食べ物を送るとか、まるで田舎《いなか》のお母さんのようだ。

でもその話で、マリアは妙に安心した。

以前の養父、リエンダール伯爵領の人達も、町や大きな領地へと出稼ぎに行った息子や娘に、よく衣服や保存のきく食べ物を送っていた。同じようなことをレイヴァルトにしているのなら、親のように彼を思ってくれている人だし、情の深い人なのだろう。

さらにライザ女王が安心させようとした。

「大丈夫よ。人間同士だから、気が合わないこともあると思うけれど、その場合はお互いが不幸にならないように、別の候補を紹介させてもらうわ」

そこでライザ女王はぐっと拳を握る。

「最も重要なのは、あなたにレイヴァルトと結婚してもらうことよ！　そして堂々と、王子妃として王都に何度でも滞在してほしいんだから！」

あくまで幻獣の本能に逆らわず、青の薬師さえ側にいてくれればいいらしい。

そこでロンダール宰相が言い添えた。

「とりなしはこちらでします。先方にも、お互いの相性によっては辞退すると話してありますから、遠慮はいりませんよ」

「お気遣いいただいてありがとうございます」

至れり尽くせりで、マリアは恐縮するしかない。

そんな風に和やかな雰囲気だったのに、ふと窓の外が騒がしくなる。

窓から見えるのは、広い庭園だ。

薔薇《ばら》や季節の花々が生垣とともに配置され、四季折々の花をいつでも楽しめるようにしているのだと思う。

先ほどまでは静かで、庭園を散策する人もなく、少し離れた場所に警備の衛兵が見えていただけだったのだけど。

今は血相を変えて走り回っている。

「あれは？」

レイヴァルトも不審そうに、窓の外の様子をうかがった。

一方不思議な反応を示したのは、女王達だ。

「嘘でしょ？　さっき出てきたばかりなのに」

「一日に何度も現れるなんて」

立ち上がる女王に、ルイス王子が不安気につぶやく。

「そもそも出現条件が不明の人物です。突然日に二回も三回も現れるようになったっておかしくはない、ということなのでしょう。とにかく救い出さなくては」

ロンダール宰相も立ち上がり、ベランダの掃き出し窓を開け放つ。

あまりに不思議な行動に、レイヴァルトとマリアは困惑した。

普通、問題が発生した場合、真っ先に女王や王子が守られなければならない。むしろ固く窓を閉じてその前に誰かが立って守るべきなのに。

「あ、また現れた！」

「捕まえろ！　あの先にはきっと！」

……きっと？　何があるんだろう。

そんな声がだんだん近づいてくる。

まず最初に見えたのは、梔子色《くちなしいろ》に白い糸の装飾がほどこされた、中年層の男性にふさわしい落ち着いた色合いと仕立ての上着を着た男性。

亜麻色《あまいろ》の髪の男性は、必死の形相でこちらへ向かって走って来た。

その後ろには、あの長い銀の髪の不審な青年の姿が見える。

「アルスファード公爵！　早くこちらへ！」

ライザ女王が叫び、気づいた公爵がさらに足を速く動かそうとする。

走る姿勢からして、公爵は必死に走っているのがわかる。が、銀の髪の青年の方が驚異的に速い。

あれでは、キツネだって逃げきれないだろう。

青年は追いつき、アルスファード公爵に手を伸ばす。

「――え」

マリアには銀の髪の青年の手が、灰色の光をまとってブレて見える気がした。

普通じゃない。

そして危険な気がする。

マリアはとっさに、ポケットに忍ばせていたもう一つの小瓶を投げつけた。

力が弱くて、銀の髪の青年には当たらない。だけど近くに落ちて割れると、青年はハッとしたようにそちらを振り向いて足を止めた。

その間に衛兵達が追いつく。

長い木の棒で銀の髪の青年を取り囲むように閉じ込めた。

「今のうちに！」

アルスファード公爵は、なんとか部屋の中に駆け込んだ。

滑り込むようにして部屋の床に倒れ込む。

すかさずベランダの掃き出し窓を閉め、マリアは立ちふさがるようにしてアルスファード公爵を背後に庇った。

ラエルとレイヴァルトがその両隣に立ち、警戒する。

銀の髪の青年は、そんなマリア達の様子を見て少し目を見開いて何かをつぶやいた。

(なぜ？　やくそく？)

そんな言葉が口の動きから読み取れた。それ以上は無理だ。マリアは読唇術を心得ているわけではないから。

マリアがそうして考えているうちに、銀の髪の青年は、さっとその場から姿を消した。

全員がほっと息をつく。

「ようやくいなくなってくれましたね。お怪我はありませんか、アルスファード公爵」

ライザ女王の言葉に、アルスファード公爵は力なくうなずいた。

「なんとか無事にたどり着きました。すでに出没したという話を聞いて、王宮の中に入ったのですが……不意をつかれました」

苦笑いするアルスファード公爵は、やつれた顔をしていた。

体格が良い人だ。でも騎士だった頃とは違って鍛えていないのか、筋骨隆々というわけではない。そのせいか年齢のせいなのかわからないが、全速力で走ったからぜいぜいと息をしていた。

「追いかけられるかもしれないのに呼んでしまって……申し訳ないことをしたわ」

「いえ、可愛い従兄甥《いとこおい》の結婚がかかっているのですから、これぐらいは」

公爵はあの銀の髪の青年に襲われるとわかっていて、やって来たようだ。

「それでこちらが、レイヴァルト殿下のご婚約者殿ですね」

アルスファード公爵は見慣れないマリアを、すぐにそうだと察した。起き上がって、騒ぎの最中に駆け込んで来ていた召使いから手拭《てふ》きをもらった後、マリアに一礼した。

「お初にお目にかかります、マリア殿。とても腕の良い薬師でいらっしゃると聞き及んでおります。お会いできてとても嬉しいです」

（あ、この方……）

なるほど、清廉潔白《せいれんけっぱく》そうだとマリアは思った。

マリアのことを知る経緯は、女王や宰相からのはず。どちらからも、『女王陛下が特に会いたがっている』ことや『レイヴァルト殿下が溺愛《できあい》なさっている』ような表現を聞いているだろう。

なのに、アルスファード公爵は薬師としての腕についてだけ口にした。

（それはアルスファード公爵が、私を政治的に利用したいと思っていないことを示したかったり、そういう意味で私を養女に迎えるつもりはない、と教えるため？）

そういう人であってほしいと思っていた。

「私も公爵閣下にお会いできて光栄でございます」

「さぁ、まずは座って話そう」

召使い達が新しいお茶やお菓子を運んで来て、その場で改めて談笑することになった。

アルスファード公爵は物腰が柔らかな人だったが、昔はもっと体力や筋力がある人だったようだ。

「昔だったら、あの不審者を振り切れるぐらいの速度で走れたはずなんですが……。一度でも体を壊すというのは恐ろしいものですね」

「以前は剣で身を立てていたのですもの。病気で体を壊さなければ、我が王国の騎士団長にもなっていたでしょうに。惜しいことですわ」

ライザ女王は本当に残念そうにため息をつき、アルスファード公爵は苦笑いした。

「そう言っていただけて光栄です、女王陛下」

「しかし、あの不審者はなんとかしなくてはいけませんね。会議に公爵閣下をお呼びしたくともできず、話が進まないことも出てきておりますから」

嘆くロンダール宰相の話から、アルスファード公爵があの青年に襲われるのは一度や二度ではないらしい。

「私などいなくとも、ロンダール宰相殿でしたら問題なく国の運営ができましょう。今はむしろ、私の評判が落ちそうになっていますので、今回のお話もお受けして大丈夫なのか、殿下の大切な方の評判に傷をつけないのかが気になってしまって」

「評判ですか？　人格者と名高いアルスファード公爵がどうして」

レイヴァルトの疑問に、ロンダール宰相が苦笑いする。

「実は、あの不審な青年に攻撃されるのは、公爵閣下だけなのです」

銀の髪の青年から、出会い頭に蹴られたりするのはアルスファード公爵一人なのだとか。

「そうなる以前に、我々は女王陛下が男にしがみつかれる状況から、少しでも陛下の評判が下がらないように、とある噂を流していまして……それがアルスファード公爵には仇《あだ》になってしまいました」

「どんな噂なのですか？」

首をかしげたマリアに、ロンダール宰相が重々しく答えた。

「神出鬼没なところから、幻獣が人の姿で現れたのだろうと。そんな不思議な青年が王族に懐《なつ》くというのは、王家にとっても良いことだと」

「ああ……」

マリアにも、どうしてそれでアルスファード公爵の状況が悪くなってしまったのか、その理由がわかった。

「その噂のせいで、銀の髪の青年に攻撃されるアルスファード公爵は、王家にとって良くない存在だと解釈する人間が増えたのです」

王家への心証を良くしようと策をめぐらせたせいで、アルスファード公爵が汚名を被《こうむ》ることになってしまったのだ。

「なんてこと……」

マリアは苦い表情になる。アルスファード公爵は王族と良い関係を築いているのに、疑惑の目を向けられるようになってしまったとは。

「もしかしてアルスファード公爵への、嫉妬なのでは？　王子である私の親族ですし、昔から母上とも親しいですから」

レイヴァルトの言葉に、ライザ女王が同意する。

「そうかもしれないわ。そういう面でも、マリアさんがアルスファード公爵家の養女になっていただけるといいと思っているわ」

マリアは養女先にアルスファード公爵家が選ばれた理由は、もう一つあったのだと気づいた。

アルスファード公爵家を王子の婚約者の家にすることで、噂を払拭《ふっしょく》しようとしているのだ。

（公爵家への評価は、回り回ってレイヴァルト殿下への評価にも繋《つな》がってしまう）

彼の実父の家なのだ。アルスファード公爵が力を失えば、レイヴァルトが今後困る場面も出て来るだろう。ライザ女王が変わりなくレイヴァルトを愛していても、レイヴァルトの後ろ盾がなくなったと判断して、レイヴァルトを力のなくなった王子だと思い、粗雑な扱いをする貴族が出て来るはずだ。

そうなれば、レイヴァルトが治めるキーレンツ領にも影響が及んでしまう。

「とりあえず対面はしましたから、今日は休まれてはいかが？　今度は王宮の外で会う手筈《てはず》を整えましょう」

ライザ女王の言葉に、アルスファード公爵もうなずく。

「そうですね。申し訳ないのですが、何度もあの不審人物と追いかけっこするのは厳しいですし、昏倒《こんとう》させられて先日は怪我もしてしまったので、避けたいのが正直なところです。それでは家に下がらせていただこうと思います」

アルスファード公爵は帰ることになった。

全員が彼を心配し、王宮のエントランスまで送る。

幸いなことに、もうあの銀の髪の青年は現れなかった。そしてエントランスの周辺では出没したことがないらしい。

ここまで来れば安心だと、アルスファード公爵はほっとした様子だった。

「それではまた後日、お会いできる日をお待ちしております、薬師様」

折り目正しく一礼するアルスファード公爵に、マリアは一歩前に出た。

「必ずおうかがいさせていただきます。例のお話についても、私はぜひアルスファード公爵閣下にお願いしたいと思いましたので」

マリアの言葉に少し驚いた後、アルスファード公爵は破顔した。

「はい、ぜひお願いします。今は領地の方へ行っている妻も娘が欲しいと言っておりましたから、とても喜ぶと思います。その時には、ぜひ、あなたのもう一人の母になる者ともお話しいただければ幸いです」

「もちろん、お話しできるのを楽しみにしております」

アルスファード公爵は、疲れが飛んだように楽しそうな様子で馬車に乗り込む。そして馬車が遠ざかる間も、ずっとこちらに手を振り続けていたのだった。

「公爵閣下でよろしいのですね？」

ロンダール宰相が確認してくる。

「はい。あの方にお願いしたいです」

はっきりと答えると、ロンダール宰相が相好《そうごう》を崩した。

「マリア殿にそう言っていただけて良かった。さっそく手続きを進めましょう。それで、いつ頃公爵家をご訪問されますか？　殿下」

訪問するのはマリアだけではない。

一緒に行くレイヴァルトの方が、何かと王宮でやることがあるはずで。だからロンダール宰相は彼に聞いたのだ。

「父の命日に訪問しようと思っていました」

「ジェイドの命日ですね。私も行ければ良かったのですが……」

ロンダール宰相が寂し気な表情を見せる。女王の前夫でありレイヴァルトの父の名はジェイドというらしい。彼は、ロンダール宰相と親交があったようだ。

レイヴァルトは首を横に振る。

「マリアと一緒に行くのが目的だったので、気にしないでください。それよりも例の、不審者の方をなんとかしないと」

「そうですね。どこから出てくるのかがわかれば、追跡ができるのですがね」

肩を落とすロンダール宰相に、ルイス王子が首をかしげた。

「薬師様がいれば、もしかするとあれも解決できるんじゃないかな？」

ルイス王子はにこにことマリアを見る。

「さっきからずっと聞こうと思ってたんですが、変質者を遠ざけるのに何か投げていましたよね？　あれはどういう薬を使ったんですか？」

どうやら銀の髪の青年を遠ざけられるような薬を使ったと思っているみたいだ。

「いいえ、あれは精油なんです」

「え？」

マリアの答えに声を上げたのはルイス王子だが、ライザ女王もロンダール宰相も目を丸くしていた。

「王族にだけ懐くのなら、幻獣に関わりがある存在なのかと思いまして。で、幻獣は私の作るシロップでさえ欲しがって飛んで来るものですから、効果があるかなと試してみただけなんです」

「では、あれは幻獣が関わっていると？」

ロンダール宰相の質問にうなずく。

「私はそう確信しました」

でなければマリアの作ったものに、あんなに強い反応は示さない。

　レイヴァルトが同意してくれる。

「私もそう思う。幻獣でなければ、王族にだけ反応するのもおかしい。なによりマリアを攻撃しなかったということは、やはり幻獣としか思えない」

　たしかに、あの素早さならマリアを昏倒させようと思えばできただろうに、試そうともしなかった。

「だからこそ、アルスファード公爵を攻撃する理由がわからないのだけど……」

　レイヴァルトも首をかしげる。

「王族の印象を落とす陰謀、という可能性は疑っていたのよね」

　ライザ女王が眉間《みけん》にしわをよせ、ロンダール宰相がうなずいた。

「私もそれを考えていたんですよ。それでバルバトス伯爵家を疑ったのです。ニンジンをかじりながら女王に抱き着けと命令するぐらいのことは、しそうなので」

　マリアは激しくバルバトス伯爵家についてツッコミを入れたかったが、こらえる。そこは今の本題じゃないし、変人は世の中に沢山いるのだから。

「でも、あの伯爵家はもうほとんど何もできない状態になっているはず。なのに活動を続け、しかもマリアさんの薬に反応するのなら……幻獣なのかもしれません」

　そこでライザ女王が居住まいを正し、マリアに一礼した。

「女王陛下!?」

「お願い申し上げます。せめてアルスファード公爵が、あの不審な青年から攻撃されないよう、避けられるような薬を作れないでしょうか？」

「あの、まずは頭を上げてください、誰が見ているか……」

マリアが思わず周囲を見回していると、ライザ女王も姿勢を直してくれた。

「ごめんなさいね。マリアさんにせっかく来ていただいたのに、こんなお願いをするなんて、申し訳なかったものですから。あの、代わりになんでもお願いがあれば叶《かな》えるわ。高価なドレスでも希少なガラスの瓶や杯《カリス》だって、宝物庫にあるから」

「かっ杯《カリス》……っ」

ちょっと見てみたいと思った。どんな性能がある杯《カリス》か知りたいし使ってみたい。

でもここで、欲望丸出しの返事をするのは美しくない。分量を間違えて混ぜた薬のように、いい効果は出ないだろう。

マリアは咳払いして言い直す。

「見返りなんて必要ありません。だって、私の新しいお父さんになる人のことですから」

身内の問題解決に、対価など求めるわけがない。

そんなマリアの返答に、ライザ女王は涙ぐむ。

「なんて心の美しいっ。その香りだけでも私を浄化させてしまいそうなのに、心が洗われて光に溶けていきそう……」

ライザ女王は詩人のように美辞麗句《びじれいく》を口にした。

その横でロンダール宰相が現実的な話をする。

「何か必要な材料などありましたら、気軽にお申し付けください。解決できなくとも、それは仕方のないことですのでお気になさらずに。私どもでも解決できずにいた有様でしたから」

「ありがとうございます。解決できなくとも、きっかけだけでも掴めればと思っております」

間違いなく、あの青年は幻獣だと思う。

ただ不思議なのは、レイヴァルトにもくっつくことだ。

彼は幻獣に避けられる。あの銀の髪の青年が幻獣だとしたら、行動がおかしいのだ。

ただ一つ、いいことがある。

(銀の髪の青年が幻獣だったとして、レイヴァルト殿下を忌避《きひ》しない理由がわかれば……。殿下が幻獣に嫌われなくなる方法も見つけられるかもしれない)

そのためにもがんばろう、と思うマリアだった。

閑話一

「なんという失態！」

うららかな日差しの下、咲き乱れる赤とピンク色の薔薇園《ばらえん》の中、暑苦しく叫んだのはイグナーツだった。

「殿下を守り切れずに倒れるなど、軟弱なこの身が口惜しいぃぃぃぃ！」

「仕方ないよ。指先だけで気絶させられるんじゃなぁ」

近くにいた柔和な顔立ちの騎士が、イグナーツをなだめる。

イグナーツは昨日、不審者に昏倒《こんとう》させられて気絶してしまった。目覚めたのは一時間後、レイヴァルト達が食事を済ませた後のことだった。

レイヴァルトは気にする必要はないと言うし、マリアもイグナーツを気遣ってくれたけれど、イグナーツは自分のふがいなさにもだえた。

なだめてくれる騎士も同じように倒れ、イグナーツにおおいに同情してくれていた。

「私にも幻獣の力があれば……」

イグナーツはつぶやいてしまう。

しかし、そんな願いが叶《かな》うわけがないとわかっている。

幻獣が本性のラエルだって、あの銀の髪の青年に敵《かな》わなかったので、幻獣になればいいわけでもないことも。

イグナーツはけっこう冷静なのだ。

「うむ。それに人でなければ、殿下の側《そば》に伺候《しこう》できない場合もあるからな」

一人納得しているイグナーツに、先ほどの騎士が声をかけてくる。

「俺はこっち探しに行くからな。何か見つけたら声を上げてくれ」

「承知した」

イグナーツのうなずきを見て、騎士は左側へと離れて行った。

今、イグナーツ達は庭園の見回りをしていた。

最近出没が激しくなった不審者が、出入りする場所だけでも見つけられないかと捜索している。

なにせ王宮の騎士や衛兵達は、あの不審者に対してあまりにも無力で、誰もがどうにか自分が解決したいとあれこれ模索していたのだ。悔しさに夜眠れなくなりそうだったイグナーツは、それを聞いて参加することにした。

今の自分では、レイヴァルトの側で役に立てるかわからない。だからこそ、王子の側はラエルに任せ、自分は不審者の尻尾《しっぽ》を掴《つか》むべく努力することにしたのだ。

イグナーツは意外と、こつこつと努力する人間なのである。

彼は庭の北へ向かって進んだ。

王宮の一画を中心に、騎士達は放射状に散開しつつ探索をすることになっている。

薔薇の繁《しげ》みをのぞき込み、植え込みの生垣を回っては、そこで寄り添っていた男女を驚かせつつ、イグナーツはだんだんと王宮の北へ広がる森へと近づく。

この森は狩猟ができるほどの大きさがあるわけではない。

白く美しい王宮を引き立たせるためにあり、王宮内に放した小動物達の住処《すみか》として、さらには王族達が散策して楽しむためでもあると言われている。

「むむっ」

森に入ると、間もなく白いウサギが現れた。ウサギはぴょこぴょこと木の間を行き来している。

その動向をじっと見守ってしまう。

イグナーツも可愛《かわい》いものは大好きだ。

主と同じく、ハムスター達とたわむれたいと思っている。

レイヴァルトのような体質ではないにしろ、ハムスター達には警戒されやすいので、主が上手く体質改善ができて幻獣を手なずけられるようになったら、イグナーツも撫《な》でさせてもらえるのではないかと期待している。

だがこのウサギは、普通のウサギだろう。

そう思い、さらに先へ進もうと思ったのだが……。

「むむむっ」

足を踏み出すと、前方にさらに五匹のウサギが現れた。

それどころか、さらに十匹のウサギがその後ろに現れ、唐突に王宮へ向かって走り出した。

「ぬおっ！」

慌《あわ》ててウサギを踏まないように脇によける。

イグナーツの横を駆け抜けていくウサギ達。

その先に何があるのかと思えば、遠く、薔薇が咲く場所に銀の長い髪が見える。

……あれは。

「不審者ではないか！」

ついに見つけたと思ったら、ウサギ達は銀の髪の青年の周囲に集まり、青年と一緒にどこかへ移動していく。

その様子が、なんだか楽し気に見えてしまったイグナーツは叫んだ。

「許すまじ！」

イグナーツは意外と心が狭かった。

次は、ニンジンを持ってこの森に入ろうと決意したのだった。

三章　亡き父の残した物

王宮に到着して最初の一日は、ゆっくり旅の疲れを癒すことに費やした。

疲れている状態で無理に動いても、何もいいことはない。

元気になってからであれば、不審な青年との追いかけっこをしてもなんとかなるだろうし、というのが理由だ。

なので翌日になってから、部屋に訪問して来たレイヴァルトが散策に誘ってくれた。

「ぜひ君に見せたい場所が色々あるんだ」

そう言うレイヴァルトは照れたようにはにかんでいて、まるでデートに誘おうとしている人みたいだ。

(いえ、これはデートなのかも?)

はたと思い至ったマリアに、控えていた召使い達が言う。

「では思い切りおしゃれいたしましょう!」

「今日はお天気もいいですから、庭に出られるならボンネットもいりますね!」

そうして着替えを勧められた上で、レイヴァルトも心得たように言った。

「支度ができるのをゆっくり待っているよ」

鮮やかに去ったレイヴァルト。そしてマリアは、召使い達が高速で選んだドレスに着替えさせられたのだった。

身に着けたのは、チェック柄の入った布地がまざるピンクのドレス。

まさに庭園を歩くにふさわしいのに、ふわっと膨らんだ感じが自分の浮き立った気持ちを表しているような気がして、マリアは少し恥ずかしくなる。

花飾りも華やかなボンネットは沢山《たくさん》のレースがついていて、被《かぶ》った自分の姿が花冠を頭に被ったように思えたくらいだ。

着替えてからレイヴァルトに会ったら、彼は一瞬目を見張った後、嬉《うれ》しそうにマリアの耳元にささやいた。

「甘い薔薇《ばら》みたいに綺麗《きれい》だ。……食べてしまいたい」

「殿下、ちょっと……！」

まだ召使いの女性達が側《そば》にいるのに、聞かれてしまう！　と焦《あせ》ったけれど、レイヴァルトは何事もなかったかのようにマリアの手を引いて連れ出す。

「行ってらっしゃいませ」

マリアを見送る召使いも、それまでと変わらぬ笑顔で一礼した。

一緒に付き添うのは、ラエル。

そして部屋の中にいたハムスター達も、ぽてぽてとついて来た。

レイヴァルトが朝からシロップを服用しているので、部屋の中にいたハムスター達は何の抵抗も感じずにレイヴァルトの横を歩いている。

レイヴァルトはそれが嬉しくて、時々口元がゆるんでいた。

ラエルも近くに居やすいのか、心なし穏やかな表情だ。

そうして歩いていると、王宮の回廊で行き会った貴族達が目を見開いた。

「うそ、王子が……」

「あのレイヴァルト様が幻獣に嫌われていないの!?」

そうささやいているのが聞こえる。

けっこう失礼な言いようだ。

けど、これがレイヴァルトがマリアと王宮内をデートしようという理由の一つだと思う。

薬で避けられないようにし、ハムスターを連れたマリアと一緒にいることで、あたかもレイヴァルトが慕われているように見せかけ、レイヴァルトが幻獣に避けられているという評判を消すことができる。

(ただ、一石三鳥ぐらいは狙ったのかな)

自分の評判を上げることが一つ目。

マリアには低い評判を上げるためと言って、くっついている理由を作れるのが二つ目。

三つ目は、殿下の株が上がることで、実父の家アルスファード公爵家への評価改善も狙っているかもしれない。

どこまで叶《かな》うのかわからないけれど、実現したらいいなと思ったマリアだった。

やがてレイヴァルトが案内したのは、珍しい回廊だった。

「すごい……」

美しい樹形模様の広がる天井を見上げ、マリアはぼうっとしてしまう。

召使いに選んでもらった濃いピンク色のドレスを着たマリアは、最初こそドレスが目立つのではと気にしていたけれど、そんなことも吹き飛んだ。

柱や壁、天井まで全てが乳白色の石で作られ、まるで白い木々の森の中を歩いているようだ。

ここは王宮の中にある白樹回廊。

舞踏会なども行われる場所だ。

今日は舞踏会の予定もなく、美しい回廊は王宮へ訪れた貴族や王宮内で働く人が行き交い、彼らの目を楽しませている。

「綺麗ですね」

「気に入ってくれて嬉しいな。案内した甲斐《かい》があった。ここは始まりのガラスの森を模して、初代の王が作らせたと言われているんだ」

「始まりのガラスの森……」

思えば、ガラスの森だってあちこちに一斉に発生したとは限らない。幻獣の誰かがそういう形で作り、同じような場所を各地で幻獣達が増やしていったのかもしれないのだ。

「歴史があるんですね」

そんな風にほのぼのと会話していた時だった。

「やだ！」

「きゃあニンジン！」

背後で悲鳴が上がった。

一体何が起きたのか？　と振り返れば、回廊の端に一人の青年が立っていた。

昨日とそっくり同じ、白っぽい衣服に銀の髪。そして握りしめたニンジンが異質すぎる。

叫び声に押されるように、貴族や使用人達が青年から逃げ出していた。

王族以外は気絶させてしまうとなれば、逃げるのも当然だ。

逃げる人を追うように、銀の髪の青年はゆっくりとこちらに近づいてくる。

ハムスター達の反応は、前回と同じ、やはり戸惑っているようだ。

お互いに顔を見合わせて『どうする？』というように首をかしげ、マリアの服の裾を掴《つか》んで、青年の様子を見守る。

すると青年が、じっとマリアの方を凝視《ぎょうし》した。

（ハムスターが殿下ではなく、私に懐《なつ》いているのが不思議なのかしら？）

レイヴァルトを普通の王族として考えるなら、それが当然だ。

ならばこの青年は、レイヴァルトが幻獣に避けられる体質だということを知らない？　でも幻獣が化けたものではないのか？

青年はマリアにつま先を向けた。

身構えつつ、レイヴァルトがマリアの前に出る。

「止まれ、不審者」

いつもと違う強い口調。

けれどレイヴァルトに緊張した様子はない。

せいぜい抱き着かれる程度で済むからだろうか。それとも相手が幻獣に連なる者で、自分は幻獣の中でも強いという意識があるから？　と思ったら。

「考えてみれば、この男が幻獣なら、ラエルみたいなものなんだよね。正体さえ暴けば……外見は動物。先日のお返しをしてあげよう」

正体を暴くつもりらしいが、どうやって元の姿に戻《もど》す気なのか？

おろおろと見ているしかないマリアの前で、レイヴァルトは堂々と手を広げて銀の髪の青年を待ち構えた。

銀の髪の青年はどんどん歩みを進める。

マリアはドキドキとしながらそれを見守り――。


――動くな。


声も出ていないのに、レイヴァルトがそう言った気がした。

同時に、ぞっとするような感覚が彼から広がり、マリアは総毛立つのを感じた。

そしてレイヴァルトの手に、違和感を覚えた。

「あ」

手の先、爪が少し伸びている。鋭い鷹《たか》の爪のような……。

(まさか、一部だけ幻獣の本性を出した!?)

レイヴァルトの気配に、ハムスター達が「チチッ!!」と騒いで小さくなり、マリアのスカートにしがみついて隠れる。

一方、銀の髪の青年は驚いたように立ち止まった。

その肩がざわっと白い毛を逆立てる。

(白い毛?)

服の上に、ふかふかした白い毛が見えたような気がした。ということは、やっぱり人ではないらしい。

そして銀の髪の青年は、ぱっと身をひるがえして遠くへ駆け去ってしまった。

「実験のつもりだったけど、効果があったみたいだね。今度こそ本性を暴いて……くくっ」

まるで悪役みたいに笑うレイヴァルトの姿に、マリアは苦笑いしつつ尋ねる。

「今のは、何をなさったんですか?」

「少しだけ、幻獣の力を表に出したんだ。竜の幻獣は特別だから、気おされて正体を現してくれるかも……と思ったんだけど。追い払う効果もあったみたいだね」

レイヴァルトは銀の髪の青年の正体を暴きたかったようだ。

「何の幻獣だったんだろう。懐《なつ》いてくれるのなら、幻獣の姿に戻ってもらって抱きしめるなりしたかったのに……」

悔し気なレイヴァルトの言葉に、マリアは彼の真意を悟る。

――懐いてくれる幻獣を、抱っこしたかっただけなのか。

今でこそシロップのおかげでなんとかなっているが、今までの鬱憤《うっぷん》がまだ溜《た》まったままなのかもしれない。

「ええと。代わりにハムスターが殿下を怖がっているのですが……」

ハムスター達は、マリアの後ろに回って震えていた。

「もうしない。もうしないから、信じてほしい」

レイヴァルトは焦ってなだめようとする。

危険なことはしないし、と言ってもハムスターは不安そうな表情のままだ。

「と、とりあえず案内したい場所は、ここだけですか？」

こうなったら時間が経《た》つぐらいしか、対処法はないだろう。

マリアは数歩ほどハムスター達に離れてついてきてもらうことにして、レイヴァルトに次の目的地を聞いた。

「そうだった」

微笑《ほほえ》んだレイヴァルトは、回廊の扉から、マリアを庭に誘った。

「ここの回廊よりも、もっと特別な物を見せたいんだ。庭へ行こうマリア」

うなずくと、行き先を知っているのか、ラエルが先に立って扉を開けてくれた。

レイヴァルトと一緒にそこから入った王宮の庭園も、素晴らしいものだった。

どこまでも続くかのような薔薇の庭園は、赤だけではなく、白や黄色にオレンジ色の薔薇も咲き乱れている。それを引き立てるのは、花壇の丈の低い花々だ。

甘い香りを乗せた風に、マリアは目を細める。

「素敵な薔薇園ですね。管理も大変でしょうに」

「王宮は憧れの場所であるべきだ、という代々の王の方針で、薔薇園を造ったんだ。管理については、庭師だけでも十数人いるから保っていられる」

「それぐらいの人がいないと、大変ですよね」

一人二人では管理しきれないだろう。

「他にも庭園がありますものね……」

王宮の庭園はこの薔薇園だけではない。南と東にもある。西も花が咲き乱れる庭園ではないものの、整えてあるので人の手を常に入れているはずだ。

「広すぎて、西側の半分と北の森は、あまり手を入れさせていないんだ」

説明を聞きつつ、レイヴァルトと一緒に薔薇園を散策する。

歩いている間に先ほどの恐怖が薄れてきたのか、マリア達から数歩離れていたラエルもハムスターも、横を歩いてくれるようになる。

そうしてしばらくしたところで、先ほどの騒ぎを知らないらしい貴族達が、休憩ができる四阿《あずまや》阿《ま》の陰にいたことに気づく。

たぶん、父親と母親、その娘の他に親族か知人なのか青年とその家族らしき小集団だ。

全員が、目を丸くしてハムスターを見ている。

「え、あれ、幻獣では？」

「可愛《かわい》い……。ですが大きくありませんこと？」

まず庭を歩くハムスターを凝視して、その姿を目で追い、近くにいるレイヴァルトに気づいた。

「なんで殿下がハムスターの側にいられるの!?」

「嫌われているって聞いていたのに」

「目の錯覚……ではなさそうですな」

「私にも見えておりますよ、伯爵。避けられるのを昔見たことがありますが、はて、一体どうして……」

貴族男性と夫人達は、レイヴァルトの側にハムスターがいる状態に目を留めた。それぐらい衝撃的だったのだろう。

一方で令嬢と青年の方は、レイヴァルトの側にマリアがいることに注目した。

「そういえば、殿下が女性と歩いていらっしゃるけれど……」

「どこかのご令嬢かしら？」

マリアは内心でほっとする。ちゃんと令嬢に見えているらしい。

実のところ、平民と見抜かれるのが一番怖かったのだ。

「上手く行っているみたいだね」

レイヴァルトは嬉しそうだ。ちゃんと自分が『もう幻獣に避けられていない』ことを印象付けることができているのだ。

先ほどの回廊とここで、そこそこの人数がそう認識したはずなので、噂《うわさ》が広まるのも早いだろう。

「それじゃ、北の森へ行こう。そこが次の目的地なんだ」

王宮の北には森がある。

狩りをする場所ではないらしいが……。

「幻獣がここに現れることがあってね。だから庭師も北の森には入れないようにしているし、貴族も好んで入ったりはしないから、静かなものなんだよ」

「幻獣の住処《すみか》を保全するための、王宮の森なんですね」

狩場として使うのでもないのに森を囲って王宮の所有にしているのは、幻獣を守るためだったのだ。

ひいては、幻獣とふいに遭遇した人を守るため。

「でも、どうしてここに幻獣が現れるのでしょう？」

一見すると普通の森に見える。

ふっと姿を垣間見《かいまみ》るのは、普通の鳥やリスぐらいなもので、幻獣が住んでいる場所とは思えない。

「昔は私もそう思っていたのだけどね、秘密があるんだ」

楽し気に答えながら、レイヴァルトはどんどん森の奥へ進んで行く。

すると、ふいにラエルがスンと何かを嗅ぐ仕草をした。

「空気から、匂いますね」

「え？　何か変な匂いがするんですか？」

「懐《なつ》かしい匂いが少々」

答えて、ラエルはまたスンスンと空中を嗅ぎながら歩いている。

「たぶん、あれのせいだと思うよ」

少し先にあった小さな起伏を越えたところで、下ったその先をレイヴァルトが指で示す。

その方向をじっと目をこらして見たマリアは、きらっとした輝きに驚いた。

あれは、間違いない。

「え、ガラスの木ですか……？」

「近くに行こう」

そこから少しだけ歩くと、すぐに目的地に到着した。

間違いなくガラスの木だった。

しかも何本も林立しているが、丈は低い。

マリアの背丈ほどの細い若木が集まって、大広間ぐらいの小さな群生地になっている。

他の木々の木漏《こも》れ日《び》を受けて、ガラスがきらきらと反射していて、そこだけ光り輝いているようだ。

「ここは、ガラスの森なのですか？」

マリアの問いに、レイヴァルトが「森ではないかもね」と答えてくれる。

「小規模だから……いわばガラスの林かな？」

「それでも、これがあるから幻獣が現れるんですね」

幼木が沢山生えているみたいで、なんだか可愛い。つい、かがんで見てしまう。

一緒に来ていたハムスター達もマリアの真似をしつつ、近くのガラスの木をつんつん突いて遊び出した。

「そういえばガラスの幼木は、折ると触れていた人がガラスになると聞いていますが……まさかここも？」

「いや。ここは違うみたいだ。私も一度うっかり折ったことがあるけれど、キーレンツの森のように、ガラス化しようとする挙動はなかったから」

たぶん、とレイヴァルトは続ける。

「これは幼木ではないんだと思う。以前から成長せずにこのままだからね」

「成長しないんですか……不思議ですね」

本質的には、成長しきった木と同じだけど、大きさだけ小さいままらしい。

ハムスターはあちこちの葉をつんつんしながら駆け回り始め、ついてきていたラエルも、じっとガラスの低木を注視している。

「どうですか、キーレンツのガラスの木との違いとかありますか？」

生粋《きっすい》の幻獣であるラエルなら、なにかわかるかもしれないと尋ねてみたが、ラエルは首を横に振った。

「いえ、そういう感じは特に……」

はっとラエルが顔を上げ、立ち上がる。

レイヴァルトも動きを止めた。

つられて彼らと同じ方向を見れば――そこには、先ほど逃げたばかりの銀の髪の青年がいた。

慌《あわ》てて立ち上がったマリアの前に、ハムスター達が整列する。守ろうとしてくれているらしい、勇ましい表情が愛くるしかった。

レイヴァルトが一歩前へ出る。

「もう一度私に会いたくなったのかい？　私も待っていたよ、ぜひ君と話がしたい。本性や目的を明かしてくれると嬉しいんだけど」

話しかけたものの、銀の髪の青年はじっとレイヴァルトを見つめた後、ふいにガラスの低木の中に踏み込んで暴れるように手を振り回した。

手で薙《な》ぎ払われ、ガラスの葉が落ちる。

地面に落ちてはじけた瞬間、ふっと煙のようになったかと思うと、一つの動物の形を作り出した。

「ウサギ？」

白いウサギだ。ふわふわとして、どのウサギも赤い目をしていた。ぱっと見は普通のウサギに見える、色も大きさも。

そのウサギが、一斉にレイヴァルトに飛びかかった。

「ああっ！」

レイヴァルトが喜色のにじむ驚きの声を上げた。でもウサギを全て受け止めるつもりなのか、両手を広げて待ち構えた。

（どれだけ幻獣とふれあいたいんですか⁉）

マリアは苦笑いするしかない。

レイヴァルトは、「どうせ自分は傷つけられることはないだろうし、この際だから幻獣とのふれあいを堪能《たんのう》しよう」としているに違いない。

そしてレイヴァルトは、思惑通りにウサギ達に貼りつかれ、「うふふ、あはは」と幸せそうな笑い声を上げていた。

が、それも数秒のことだった。

「うっ」

急にうめき、レイヴァルトが自分の左手を押さえる。

「殿下？」

慌てて近づこうとするマリアとは反対に、ラエルとハムスターがレイヴァルトから離れる。

「え、え？」

どういうことだろう。双方とも、いつもはレイヴァルトを避けつつも、何かあれば庇《かば》おうとするのに。

白いウサギ達は煙のように姿を消し、苦しそうにするレイヴァルトだけがそこに残された。

ラエルとハムスター達は、レイヴァルトの左手を凝視している。

「殿下、それは……」

王宮の回廊で幻獣を脅《おど》した時には、爪が伸びただけだったし、レイヴァルトの意思ですぐに戻った。

けれど今は、爪どころか手全体が竜の姿の時と同じようになっている。爪が伸び、手は元の二倍の大きさになり、さらに表面はトカゲのような質感に変わっていた。

「痛みが……それに、私の意思じゃないのに、幻獣の姿になりそうで……」

レイヴァルトは、力尽きたように膝《ひざ》をついた。

そんな彼を庇うように背を抱きしめ、この状況を起こした銀の髪の青年を見れば、うっすらと笑っていた。

(喜んでいる？)

どうして、と疑問に思うよりも早く、銀の髪の青年はその場から駆け去ろうとした。

「ラエルさん！」

「追います。殿下をお願いします」

「はい！」

走り出したラエルに応え、マリアはレイヴァルトの介抱を優先した。

「殿下、痛みは手だけですか？」

「ああ……。でも、痛みは治まって来たんだけど」

レイヴァルトの声はだんだんと元気になってくる。やがて苦しそうだった表情が、困惑したものに変わった。

「変化が、戻らない」

レイヴァルトの手の様子は全く変わらない。

それでも痛みもなく、幻獣への変身衝動もなくなったようだ。

ハムスター達は怯《おび》えたように離れていたが、距離は保ったままほっとしたように息をつく。彼らからも安定したのがわかったのだろう。

落ち着いたところで、ラエルが戻って来た。

「申し訳ございません。途中で見失いました」

「どこか建物にでも隠れたのかい？」

レイヴァルトの問いに、ラエルは困った表情になる。

「それが……ふいに消えてしまって」

「消えた、か」

レイヴァルトはしばらく考えたが、今日はもう追及しないことにしたようだ。

「本当なら消えた現場を見たいところだけど、もう一度遭遇した時に、完全に変身させられたり、そのまま戻らなくなってしまっては困るからね。今日は戻ろう」

ラエルもハムスター達も同意したが、問題が一つある。

レイヴァルトの手を、人の目から隠さなければならない。

彼が幻獣の姿になれることは秘密だ。

それは国としての切り札でもあり、ライザ女王達は異質な者としてレイヴァルトが排除されることを恐れているからだ。自分と違うものを嫌う人は多い。

なによりセーデルフェルトの貴族は、王族が幻獣に好かれるのは幻獣の血筋だからだ、などと知らないのだ。一般的にセーデルフェルトは、幻獣と友誼《ゆうぎ》を結んだ初代の王が作った国、と言われている。

マリアは考え、提案した。

「では私が体調不良のふりをしましょう。マントを貸していただいて私が羽織り、その下に手を隠すように私の背を支えてもらうのではいかがでしょうか」

たぶんこれで見えなくなるはず。

「うん、いいと思う。それで行こう」

その方法で、無事にマリアの部屋まで帰り着くことができた。

部屋にいた召使い達を休んでいていいからと退室してもらい確認してみると、まだレイヴァルトの手は治っていなかった。

「何か薬が作れないか、調べてみます」

マリアは持って来ていた荷物の中から、レシピを取り出す。

今回長期で移動するにあたって、昔の青の薬師のレシピを持ち出すことを、レイヴァルトからも許可してもらっていたのだ。

そもそも、レイヴァルトが生まれ育った場所へ行った時に、彼の体質を治すきっかけや、必要な素材が見つかった時、すぐに調べて作れるようにと思って持って来たものだった。

ハムスター達はレイヴァルトに近づきにくいものの、少し離れた場所から気にして見ている。

レイヴァルトはハムスター達に心配されているのが嬉しいのか、表情は暗くはない。

そうしてマリアが調べている間のことだった。

「あっ」

「どうしました？」

「戻った……」

唐突に、レイヴァルトの手は元に戻ったのだ。

「一体何だったのかな」

レイヴァルトは自分の手を、不思議そうに色んな角度から見てつぶやく。

「幻獣としての力を、強引に引き出そうとしたのでしょうか」

ハムスターよりは近いものの、数歩レイヴァルトから距離を取って立っていたラエルがそう言う。

「そんなことができるものなのかい？」

「私や他のハムスター達の間では、そんな話は聞いたことがありませんね」

「あの幻獣の青年だけの、特殊能力なのでしょうか？」

マリアの疑問に、レイヴァルトはうなずく。

「そう考えるしかないな……しかし、厄介なことになった」

レイヴァルトは深いため息をついた。

「あの不審者に遭遇したら、私は幻獣の姿にされてしまうかもしれない。ハムスターと仲良くしている姿を見せつけたかったのに、うかつに王宮内を動き回れなくなった」

レイヴァルトの帰省の目的の一つが、難しくなってしまった。

むしろ銀の髪の青年に遭遇すると、避けられるどころかレイヴァルト王子は異形だなどと、おかしな噂が立ちかねない。

マリアはどうしたらいいのだろうと頭を悩ませるのだった。


レイヴァルトは王宮内の散策をやめ、一日のほとんどをマリアの部屋で過ごすことにしたらしい。

なにせどこで銀の髪の青年に出会い、幻獣の姿を引き出されてしまうかわからない。

幸い、『レイヴァルト王子は銀の髪の青年を恐れている』なんて噂が立つ前に、王宮から外出する機会がやってきた。

レイヴァルトの父の命日。

アルスファード公爵家へ訪問する日だ。マリア達は馬車に乗って王宮を出発した。

「殿下の体質を戻す薬を見つける前に、不審なあの幻獣へ対処する方法か、殿下が姿を変えられないようにする薬を作れるようにならなければなりませんね」

「青の薬師のレシピには、何かなかったのかい？」

マリアは首を横に振る。

「そもそも、殿下のように先祖返りをした人がいなかったのか、そういう例がなくて……。あと、幻獣の姿を人のものに変える薬というのもありませんでした」

「そうだろうね……。ラエルも、幻獣自身の力で変えていると言っていたし、本人の能力なんだから、自由自在のはずなんだ。基本的には私もそうなのだけど」

しかし銀の髪の青年とウサギの幻獣に取り巻かれた時は違った。

レイヴァルトは自分で変身を解除することすらできなくなっていたのだから。

「あの幻獣なら、私を避けてくれてもいいんだけどな」

苦笑いするレイヴァルトに、マリアは同意する。

「そうですね。あの幻獣が殿下を避けない理由がわかれば、逆に他の幻獣が殿下を避ける理由にも近づけそうな気がします」

「まずは捕まえてみないと。人の言葉を話せるかどうかもわからないし。ハムスター達みたいに文字が書ければ、何か聞き出せるかもしれないけど……。とはいっても今の私ではどうしようもない」

レイヴァルトは苦々しい表情になる。

そんな話をしているうちに、馬車は王都の郊外に到着した。

王都を囲む塀の外には、畑や森が広がっている。

丘もいくつかあり、その上に小さな教会と墓地があった。

主に丘のすそ野は平民の墓が。上部には貴族の墓があるらしい。

丘の下で馬車を降りて歩いて行くと、少しずつ整えられた木が増え、花壇が現れ、丁寧に手入れがされた美しい墓標が増えていく。

「あそこだよ」

レイヴァルトが指さしたのは、教会の近くにある一画。

貴族の墓地を区切るように、美しい曲線と模様を描く鉄柵がめぐらされている。

その中に、マリアの背丈ほどの低木が植えられた墓所があった。

墓標は美しい黒曜石で造られ、細長い直方体の柱に蔓《つる》薔薇が絡《から》むように彫刻されている。なんとも優美な墓標だ。

「すごいですね。養父のお墓は御影石のすとんとした石の柱みたいでした」

「それは隣国様式の墓だね。セーデルフェルトは少し派手好みなんだ。この墓標を作ったアルスファード公爵家の先祖が、どうせ何人もの子孫が使うものだし、長年人に見られるのだから綺麗な物が良いと言って、わざわざ彫刻させたそうだよ。他の貴族もそれに倣《なら》ったせいで、あっちこっちの墓標がけっこう手が込んでる」

レイヴァルトが指さす方を見れば、ガラスを一部使っている墓、杖《つえ》の形に彫刻されて造られている墓と、様々だ。

貴族だからこそ、見栄《みえ》を張るのかもしれない。

レイヴァルトとマリアは、持って来ていた花束を墓標の前に捧《ささ》げる。

マリアはしばらく、置かれた花束が風に小さく揺れる様を見つめていた。

というか、レイヴァルトは何かを心の中で語りかけているようだけど、マリアはどうしていいか悩んでいたのだ。

（まだ正式に婚約してないのに、嫁入りしますのでよろしく、と言うのも……）

婚約の後で改めてするべきではないだろうか、と思ってしまったのだ。

（お付き合いさせていただいています、とかもおかしい気がするし）

いずれ結婚はするつもりでお付き合いを始めたけど、やっぱり正式にレイヴァルトの家族になる約束を公表するまでは、どんな挨拶も座りが悪いと感じてしまう。

そうしているうちに、レイヴァルトの祈りが終わったようだ。

「お父様は病気で……でしたよね？」

「うん、そうだよ」

レイヴァルトがうなずく。

「元々体が弱い人だったらしい。ただある日、母上と出かけて帰ってきてから……余計に悪化したみたいで。母上には悪い風邪をもらってしまったんだと聞かされたけど、父はその風邪が治った後も、明らかに体力も落ちて、時々寝込むようになったんだ」

どんな薬師を呼んでも、レイヴァルトの父の体は治らなかった。

「父は体を壊してから、薬について勉強を始めた。その後二年くらいは良かったんだけど、その状態で流行病《はやりやまい》にかかってしまってね、亡くなったんだ」

体力がないと、病に打ち勝てない。

老人や子供が病気に弱いのは、そのせいだ。

マリアもつい想像してしまう。養父も、流行病の対応で駆け回って疲れ果てていなければ、と。

(今でもまだ、生きていてくれたかしら……)

言っても仕方ないことだけれど。

「でも、もう父は病で苦しむこともなくなったから。父にとって、死は救いだったのかもしれない、と思えるようになったよ」

「はい」

マリアもうなずく。

養父も、死の直前までは苦しそうだった。強がっていた養父だったが、熱や関節痛だって相当酷《ひど》かったはずだ。

でも亡くなった後は、もう痛みを感じることもない。

マリアは養父を失った後、伯母《おば》や叔父《おじ》にそう言ってなぐさめられたことを思い出す。みんなそうして、親しい人を失った悲しみを癒そうとするんだろう。

「ああ、母上のことについてはちょっと悔しかったかもしれないな」

レイヴァルトはふと何かを思い出したらしい。

「他の方と結婚するかもしれない、と思ったからですか？」

女王陛下は、結婚しても王女殿下に変わりない。

普通の貴族の寡婦《かふ》のように、家に閉じこもって過ごせない事情も発生しやすい。政略のために嫁ぐとか。今のように、不測の事態で即位することになるとか色々あるはずだ。

レイヴァルトは苦笑いして首を横に振った。

「きっとすぐにロンダール宰相が求婚するって思っていたはずだよ」

「ロンダール宰相？　え、女王陛下のことを、昔から想っていらしたんですか？」

レイヴァルトがうんとうなずく。

「私の父とも友人だったんだけど、二人で母上の愛を競っていたみたいなんだ。祖父王や、父方の祖母にそう聞いたよ。で、実父が勝って母上を娶《めと》ったんだとか」

「それは……」

たしかに、自分が亡き後はきっともう一人に取られるかもしれない、ぐらいは考えただろう。

「それにしても、女王陛下は二度目も恋愛結婚だったんですね」

ものすごく仲が良さそうだし、わかり合っている夫婦なんだなと感じていたけれど。

女王と宰相の結婚となれば、政略だったとばかり思い込んでいた。

「ロンダール宰相はけっこうがんばっていたよ。父がいる頃から、私にも良くしてくれていて。ただ息子になるという時になって、父親の座を奪うような気持ちになって、どう接したらいいのかわからなくなったみたいだ」

そんな雰囲気を感じて緊張したレイヴァルトも、なんとなく「父上」と呼びそびれたらしい。

レイヴァルトの方も子供だったから、ロンダール宰相がうろたえていた理由が正確には察しきれなくて、我が子ではなく、友人の子として接したいのかと思っていたのだ。

多少のすれ違いはあったものの、それでも彼らは仲良しだった。

「父上の死を母上が乗り越えられたのは、ロンダール宰相のおかげでもあるからね。父上はずっと側にいられなかったのは悔しいだろうけど、心配しなくても大丈夫だよ」

そう墓標に向かって言ったレイヴァルトの表情は、とても優しげだった。


墓参りを済ませたマリア達は、王都の中にある公爵邸へ向かった。

王都の北部に広がる王宮から近い場所に、庭付きの広い敷地がある。そこがアルスファード公爵家だ。

周囲が塀と柵で囲まれている貴族の住宅が多い場所のようだけど、公爵家はひときわ広い。

「ようこそアルスファード公爵家へ」

エントランスで待っていた公爵は、先日とは違って元気そうだ。

爽《さわ》やかな緑色の衣服を着ていて、ピンと背筋も伸びている。

「お招きいただきありがとうございます」

レイヴァルトが挨拶し、マリアもお辞儀する。

「待っていたよ二人とも。さあ家の中へどうぞ。妻たちは今領地にいて私一人でしてね、気兼ねなく過ごしてください」

招かれて、まずは応接間でお茶をしながら歓談をした。

「ここに来るのは久しぶりですね、レイヴァルト殿下」

「キーレンツへ出発する前は、急に決まって時間がなかったためご挨拶に行けなかったので……一年ぶりでしょうか」

密採取者の出没に対応するため、レイヴァルトはすぐにキーレンツ領へ向かう必要があった。準備から出発まで時間がなかったので、公爵邸を訪れられなかったらしい。

「あの不審者のせいで、どこか怪我《けが》をしたりしませんでしたか？」

レイヴァルトに尋ねられたアルスファード公爵は、苦笑いする。

「大丈夫ですよ。これでも毎日鍛えてはいるんですよ。病には深窓の令嬢並みに気を付けているしね」

彼はほがらかに笑う。

「新しく娘ができるんだから、立派な後ろ盾としても元気でいてくださらないと」

「そうですね。早々に義理の弟が後ろ盾になってしまっては、マリア殿を不安にさせてしまうでしょう。……そうそう、マリア殿が養女になると、弟ができるんですよ」

公爵家には自分より小さな男の子がいるそうだ。

アルスファード公爵に教えられて、マリアはわくわくしてしまう。姉弟ができるのは初めてなのだ。

「嬉しいです。仲良くできると嬉しいのですが」

「息子にも、お姉さんができるのだと先日手紙で知らせたら、嬉しいと返信が届きましたよ。妻も女の子は大歓迎だと言って、今からもうドレスを作るべきかとか、部屋はどうするかと長い手紙を書いて寄越しました。たぶんあの調子だと、すでにどこかの仕立て屋に注文しているかもしれません」

アルスファード公爵の話にマリアは目を白黒する。

「そんな、ドレスを頂くのは申し訳ないです……」

貴族のドレスは一財産だ。

生地だけで庶民の年収の何年分になるかわからない。宝石やレースを多用したら、町一つ分の税収が飛んでいく物だってある。

「まぁ、女王陛下も沢山ドレスをお贈りになったと聞きました。名目上とはいえ娘になっていただくのですから、私どもからもそれ相応の物を贈らせてください。さもないと立つ瀬がないですから」

そう言われてしまえば、拒否もできなくなる。

たしかに、娘になったマリアにアルスファード公爵家が何も贈っていないと、周囲に何と言われるか。

（女王様から沢山頂きすぎているから……）

女王に合わせて作った物をもらった時は、多少だけど気持ちは楽だった。

キーレンツ領という場所で着ることを考えて、装飾も控えめにしてくれていたから。

それでも高価なのを、マリアは知っている。

貴族が着るドレスの布地は、染めもしっかりしていて、庶民が買うものより色落ちしにくい。

繊細な扱いが必要なものでなければ、上質で長持ちするのだ。

レースや宝石が縫い付けられていたなら、それを外して売るだけでも財産になる。

だから側で仕えている召使い達に、褒美として渡されることも多い。

貴族が何度も同じドレスに袖を通さないのは、そうして贈り物に使うことが多いせいもある、とマリアは心得ていた。

伯爵令嬢だった頃のマリアのドレスは、さして高価でもなく、薬品を扱うことが多いので渋い色の木綿《もめん》が多かった。それでも御礼にとあげれば喜ばれたのだ。

なのにライザ女王は、今回の訪問に合わせてマリアのために新しいドレスをいくつも仕立てている。公爵家も同じようにできないと、女王に養女になることを押し付けられたのだとか、あまり公爵家は養女にする気はなかったんだろうとか、妙な疑惑を持たれかねないのだ。

そこまで理解して、マリアは礼を言った。

「ありがとうございます」

するとレイヴァルトが小さく笑う。

「贈り物の内容については、私がアルスファード公爵閣下と相談して決めておくから心配しないで。君の好みはだいたい把握できているから」

そう言ってくれたので、マリアは全面的に任せることにした。

「よろしくお願いします。私にわかるのは、薬のことばかりなので……」

アルスファード公爵がぽんと手を叩《たた》いた。

「薬というのなら、あの薬小屋を見て行ってはどうですか？」

たぶん、レイヴァルトの父が薬の研究をするために造った庭にある小屋だろう。

レイヴァルトも嬉しそうに微笑む。

「ぜひ。きっとマリアが喜ぶと思ったので、見せたかったんです」

マリアも、レイヴァルトの父がどんな薬について調べていたのか興味がある。

うなずいたところで、ふと、アルスファード公爵に会った時にしておこうと思ったことを思い出した。

「そういえば、先日は慌《あわ》ただしくてご紹介できなかったのですが……」

マリアはポケットの中から、一匹のハムスターを取り出した。

灰色のハムスターは、ややふてぶてしい表情をして「チチッ」と鳴く。

「これはハムスターではありませんか。幻獣を連れて来られるとは、よほど好かれていらっしゃるんですね」

アルスファード公爵は目を丸くして言った。

王都では、王宮以外に幻獣が出没することはない。

王宮から連れ出そうとしても、するりと逃げられてしまったり、煙のように消えてしまうのだとか。

今日は用事があって、マリアはハムスターをポケットに入れて連れて来ていたのだけど、一匹だけを公爵に見せることにしていた。

「キーレンツ領の森からついて来てくれたハムスターなんです。……元の大きさに」

マリアがささやくと、どんっといつもの大きさに戻る。

「なんと……」

思わず立ち上がったアルスファード公爵は、まじまじと大きくなったハムスターを見つめた。

その頬が、だんだんと紅潮していく。

「小屋にお邪魔させていただいている間、ハムスターはこちらにいさせてもらえたらと思うのですが」

マリアの言葉に、アルスファード公爵は満面の笑みを浮かべた。

「もちろん、おもてなしさせていただきますよ」

そう言ってくれたので、マリアはハムスターになったラエルを置いて、応接間を後にしたのだった。

さっそく、レイヴァルトと二人でその小屋を見に行くことにした。

王都の中にある屋敷とはいえ、池や小さな橋に噴水のある広場まで備えた公爵邸の庭は、とても広い。

件《くだん》の小屋は、池から木々で隠された場所にあった。

「本当に小屋とは……」

マリアは山にある仮小屋同然の建物を見て、木立の向こうに屋根が見える公爵邸と見比べてしまう。

貴族の家が立ち並ぶ中に、ぽつんと小屋がある状態だ。

でも周囲が木で囲まれているので、小屋そのものはのんびりとした雰囲気をともなっている。

この小屋に入ると、今までの生活から離れた感があって、気分転換になりそうだ。

「中に入ろう」

レイヴァルトが鍵を開けた。

真鍮《しんちゅう》を使った綺麗な鍵が、鍵穴に差し込まれる。

ギィ、と開く扉。

中からは、乾いた木の香りがした。

一歩踏み入れる。部屋が区切られたりもしていなくて、奥に置かれた寝台や棚がよく見える。

そのせいか奥行きがあるように見える。

「思ったより広いですね」

端から端まで歩いたら、おそらくは二十歩ぐらいありそうだ。

寝台とは反対側には、竈《かまど》や暖炉、台所のような水場の他に机や、しっかりとした作りの棚が並んでいる。

全てにうっすら埃《ほこり》がかかっていた。厚さからしてほんの一カ月前には掃除をしていたんだろう。

棚に薬などはなく、綺麗に処分されていたが、本などは残っている。それも綺麗に並べられていた。

「殿下のお父様は、沢山本をお読みになったんですね」

「うん。薬については詳《くわ》しくなかったから、色々な本を集めて読んでは、簡単なことから実践していたよ。最初は薬草茶からだったな」

自分も飲まされたけど、最初は渋くて……とレイヴァルトが思い出を語ってくれる。

「急いで治さなければと思うほど、お悪かったのですか？」

マリアはレイヴァルトの父を想像する、アルスファード公爵を細身にして頬をこけさせた姿で。その男性が、体の辛さを耐えながら自分で薬の本を読みふける姿が脳裏に浮かんだ。

「いいや。体力がなくて、食欲も足りなかったけど、すぐどうこうという状態ではなかったよ。どちらかというと、心配した母上を安心させたくて早く治そうとしていた感じかな。ぼちぼち調べて行くうちに、薬作りが面白いと思ったみたいだ」

なるほど、とマリアは想像を修正する。

多少弱々しい感じながらも、明るい表情の男性が、小さな男の子をかまいながら本を読む姿になった。

「でもこの小屋を見て納得しました」

「何を？」

「ここでお手伝いをしていたなら、私が森の家に初めて行った日、掃除に慣れていたのも当然だなと」

貴族が持つ秘密の家だから、小さくとも美しい建物だと思っていた。だからこそ、いくら本人が掃除に慣れていると言っても、実際に見るまでは信じていなかったのだ。

「少し、まだ平民だった頃に実母と住んでいた家に似ています」

この小屋と広さは同じくらい。

子供の物と薬品とで荷物が意外にあったので、一つの寝台を母と一緒に使って眠っていた。

部屋と台所なんかが仕切られていた分だけ、ここより狭く感じたものだ。

「マリアのお母さんも、病気で亡くなったんだったね」

「はい。旅から旅の生活で、しかも子連れでしたから。けっこう一つの町に長く滞在はしたんですけれど、母も疲れがとれないままだったのかもしれません。リエンダール領に到着して三カ月くらいで病にかかって……そのまま」

あの頃は、毎日怖かった。

このまま母が亡くなったら、一人で取り残されてしまう。

でも実際に母を失っても強い気持ちを保てたのは、母が残してくれた薬の知識と技術があったから。

この手に残されている物があるとわかったからだ。

なにより、すぐに養父に会えたから……。

「辛かったね。でもマリアのお母さんが薬のことを教えてくれたから、私やみんながマリアの薬に助けてもらえた。本当に感謝しているよ」

「いいえ。私、まだ殿下のこと助けてあげられていませんし」

約束した薬は、できていない。

いつになったらレイヴァルトの体質改善ができるだろう。

そのヒントになりそうなものが、ここにあればいいのにと思ったのだけど。

マリアは棚にあった本を手に取ってみる。

「参考になりそうな本があったら、持って行ってもいいからね。王宮や森の家まで持ち帰って、ゆっくり読んでくれていいよ。君にあげるから」

レイヴァルトは優しく言ってくれる。

「ありがとうございます。ぜひそうさせていただきたいです。私がまだあんまり読んだことのない本もありますし、読んだはずの本も、もう一度読んでみたいです」

薬についての初級の本や、お茶についての本はとても懐かしい。

セーデルフェルト王国に分布する薬草についての本は、じっくりとすり切れるまで読んでおきたいと思った。

意外なことに、幻獣についての本も多い。

「お父様は、幻獣についても研究されていたんですか？」

「私のことがあって。父上もどうにかできないかと思ってくれたみたいなんだ。けど、幻獣についての文献はそんなに多くないから、あまり情報は得られなかったようだね」

「そうだったんですね」

その頃のレイヴァルトは王子ではなかったけれど、急に幻獣に嫌われるとなれば、親としては不安になって調べて当然だ。

でも幻獣については、あまり詳しい本はないようだ。

あちこちの地方にある幻獣についての伝承や、王宮に現れる幻獣との遭遇記録的なものが多かった。

「そういえば、王宮ではあまり幻獣を見かけませんでしたね」

マリアが連れて来たハムスターぐらいだ。

王宮には出没すると聞いていたので、もっと沢山見かけるのではないかと思っていた。

「先日行った王宮の森の中で、唐突に時々現れるんだ。あのガラスの小さな群落に、常駐しているわけじゃないから、頻繁《ひんぱん》ではないね。最近はあのニンジン男の騒動のせいなのか、幻獣を見かけていないと女王陛下が言っていた」

レイヴァルトは家族水入らずの話の時に、幻獣についても聞いていたという。

にしてもニンジン男とは……。

「でもあれ、間違いなく幻獣ですよね。ニンジンをかじりながら逃走するあたりも、普通の人ではありませんし」

「そうだと思うんだけど……。本性らしきものが垣間見えたのは、私が脅したあの一瞬だけだったからね」

白い毛が逆立って見えた、回廊での一件だ。

「あの不審な幻獣は、ガラスの木の群落に誘われるようにやって来たのでしょうか」

「そうだと思うけど……。昨日、もう一度ラエルとイグナーツに捜索させたんだ。でも、姿も見つけられなかったと報告があったんだ」

すでに捜索を行った後だったらしい。

「私に脅されたことで、もう出てこないならそれでもいいんだけど……」

レイヴァルトの言葉に、そう都合よくいけばいいいと思う反面、そうはならないだろうなという予感がした。

そんなマリアは、本棚の中に、装丁された本ではないものを見つける。

紙の束に穴をあけて紐《ひも》を通しただけのものだ。

「これは、書きつけかしら」

「研究結果を書いた物かもしれない。日記だったとしても、中を見ていいからね」

レイヴァルトの申し出に甘え、マリアは棚から取り出した。

もし日記だったとしたら、何が書いてあるんだろう。少しドキドキしながら紙をめくる。

「ええと。これは……」

レイヴァルトを見上げたマリアは、困惑した表情をするしかない。

「何か変な日記だったかい？」

「あの、これは奥様への思いをつづった物みたいなのですけれど」

日付はない。

ばらばらの日付に書いたものを、時系列順に綴《と》じた物だと思う。

中身は延々と、自分を心配してくれる妻へ申し訳ないという気持ちと、ロンダール宰相に任せることになったらどうしようという思いが続く。

「もしかしたら、その当時のことを詳しく書いているかもしれないし、そこから殿下の変化のきっかけを掴めるかもしれないけど、その……」

他所《よそ》の家の事情を、しかも恋愛模様をのぞき見しているみたいで、マリアが読むのは不適当だと思うのだ。

「わかった。私が目を通すよ。もしくは母上に見てもらおう」

「そうしてくれますか？」

マリアはほっとする。

「母上も、読んだら喜ぶと思う。悲しすぎて、母上は一切この小屋には入っていないんだ。こういった書きつけがあることも知らないはずだよ」

「喜んでくださるといいですね」

死別した前夫が、自分を愛してくれた記録だ。少しは悲しい思い出を明るい物にしてくれるかもしれない。

今の生活が幸せでも、心に引っかかりは残っているだろうから。

「さて」

マリアは他の書きつけも確認する。

一つは、薬草についてまとめられたものだった。

次は薬の勉強をしたらしい書きつけ。

三つ目が、幻獣についてまとめられたものだ。

「ん……？」

パラパラとめくった時、不思議な文章が目に留まる。

「幻獣の由来？」

幻獣の研究についての書きつけだ。本から抜粋したものに、後から注釈を書き加えている形式で記述されている。

目に留まったのは、実際に会った時の様子についての文章だ。

『その狼《おおかみ》型の幻獣は、他と同じ『普通』の幻獣だった』

「普通？」

普通と、普通じゃない幻獣がいるのだろうか。

そこでふと思い出したのは、あのニンジンをかじって王族にくっつきに来る不思議な青年のことだ。

もし、王宮でレイヴァルトの実父があの青年の姿をした幻獣に会ったことがあったら？

彼が『普通ではない』幻獣だとしたら。

ハムスターなどの他の幻獣は『普通』だと思うだろう。

「他は……」

マリアは別の記述を見る。こちらにも『普通』という言葉があった。

「何かあったかい？」

実父の母親への愛があふれすぎた文章を読んでいたレイヴァルトが、マリアの様子に気づいたのか尋ねてくる。

「気になる文章がありまして。こちらと……あとこの本を借りていきます」

マリアは幻獣についての本を四冊。そして今見ていた書きつけを手に取る。

そして二人は小屋を出た。

公爵邸の中に戻ると、アルスファード公爵がにこにこしながら、灰色のハムスターの前でお茶をしていた。

「こっちのお菓子はどうだい？」

楽しそうにお菓子を勧められ、灰色のハムスターは少し悩んで一つクッキーを手に取る。

もそもそと食べるハムスターを見ながら、アルスファード公爵は幸せそうな表情をしていた。

「ああ、戻ったようだね」

「拝見させていただいて良かったです。とても貴重な本もあったので、お借りしようと思いまして」

実子のレイヴァルトから許可はもらったものの、邸内のことを黙っておくのもおかしいので、マリアは持って行く本を見せる。

「あの小屋はジェイド……殿下の父親の、ひいてはレイヴァルト殿下の持ち物のようなものだから。レイヴァルト殿下がいいなら、中身をそっくり持って行ってもかまわないんですよ」

「ありがとうございます」

お礼を言い、マリアはメイドに頼んで袋に入れてもらった。

「それではまた、そのうち訪問させてください」

レイヴァルトの言葉に、アルスファード公爵がうなずく。

「ぜひ」

「さ、帰りましょう」

マリアが声をかけると、灰色のハムスターはするんと小さくなり、マリアのポケットにささっと自分で隠れたのだった。

乗り込んだ馬車が動き出す。

公爵邸の門を出たところで、マリアはポケットから『彼』を出した。

「ラエルさん、どうでした？」

灰色のハムスターは一瞬で人の姿に戻る。

衣服を着ている状態で戻れるのは、一体どんな魔法だろうとマリアはしみじみと思いつつ、ラエルの返答を待った。

「とりあえず、一時間いっぱいあの公爵を観察しました」

ラエルはマリアの向かい側の席に座って、淡々と応じる。そのラエルにレイヴァルトも尋ねた。

「何か幻獣に嫌われそうな要素はあったかい？」

マリアとレイヴァルトは、なぜアルスファード公爵が攻撃されてしまうのか……という疑問を解こうとしていた。

王族があの銀の髪の青年にくっつかれる理由は、想像ができる。まだそれが正解とは限らないが。

でもアルスファード公爵についての謎はさっぱりだったのだ。

そこでラエルにハムスター姿になってもらい、アルスファード公爵に近づいてもおかしくない状況を作って様子を見てもらっていた。

「本人の行動にはおかしなことはありません。ちょっとだけ、おかしな匂いがしましたが……」

「おかしな匂い？」

嫌な匂いとは違うのかと、マリアは首をかしげた。

「嫌悪感があるわけではないんです。そこは殿下とは違いますね。だから私以外のハムスターも、あの公爵を避けることはないでしょう。ただ積極的に近づくかどうかは……」

説明するラエルに、レイヴァルトが言った。

「どんな匂いなんだ？」

「近くに寄った瞬間に、獣の匂いがするんですよ」

獣？

「幻獣の匂いとは違うのかい？」

レイヴァルトの問いに、ラエルはあいまいなうなずき方をした。

「はっきりと幻獣と違うとは言いきれません。でも私達よりは、普通の動物に近い気がしました。それ以外は特に他の人間と違うところはないように思います」

「動物の匂いか……」

考え込むレイヴァルト。

「毛皮も着ていませんでしたよね」

それにまだ羊毛の匂いがわかるほど、厚い布地の衣服を着る季節ではない。そもそも羊毛なら、ラエルもそう答えるはずなので、これも違う。

「アルスファード公爵にも、やっぱり何かあるんでしょう」

ラエルは本人に何かしら問題があるのではないか、と結論付けたようだ。

「そうだね」

マリアの隣に座っていたレイヴァルトが、渋い表情になる。

「でもなぜ、アルスファード公爵なんだろうね。他の誰でもなく……母上との関連？　それとも王族の血縁だから？」

「だとしたら、他の公爵家の方も同じ被害を受けないとおかしいですよね？」

そういったことも含め、レイヴァルトはライザ女王やロンダール宰相に確認をしようと言った。


王宮に到着した後、レイヴァルトはまだ緊張を解くことができずにいた。

「ここから、部屋までが問題なんだ」

王宮にいると、王族のところにあの銀の髪の青年がやって来る。

たいていは一日に一度か二度だ。

不思議とそれ以上は遭遇することはない。なので、あの銀の髪の青年は出現回数が限られているようなのだ。

レイヴァルトが歩き回ってしまうと、必ずレイヴァルトのところに出て来ようとする。

ライザ女王やルイス王子にはわき目もふらず、レイヴァルトだけを目指して来るというのだ。

（たぶんそれは、ガラスの木の群生地へ行った後から……よね）

あの時、銀の髪の青年は何かをレイヴァルトに感じたのかもしれない。

だから消え失せる前に笑っていたのでは、とマリアは思うのだ。

「まず庭を避けた方がよろしゅうございます」

「王宮内でも、外へ通じる回廊を避けるべきでしょう」

イグナーツとラエルの言葉に、レイヴァルトがうなずいた。

「何よりも迅速《じんそく》に動こう。マリアは後からゆっくりでもついてきて。その方が万が一にもあの人物が現れた時に、混乱に巻き込まれないだろうから」

気遣う言葉に、マリアは微笑んで首を横に振った。

「しかし……」

「いいえ。それよりもいい提案があるのです。ハムスターに頼んではいかがでしょう？」

「ハムスターに？」

首をかしげたレイヴァルトだったが、マリアの発案を実行すると満面の笑みになる。

それはそうだろう。

人よりも大きくなってもらったハムスターに、抱えられて移動するのだ。万が一にも銀の髪の青年が現れても、人間の脚力よりずっと速いから逃げられる。

シロップの効果でハムスターに避けられないのだから、こんなことも可能なのだ。

「ああ、素晴らしい！」

レイヴァルトはハムスターに抱えられ、幸せそうに笑う。ふかふかの毛に頬ずりし、遠くに人の姿が見えたらすぐに表情を引き締める。

「で、殿下⁉」

行き会った衛兵や騎士、貴族達は目を丸くする。口まで開いていた。

「やあ、またね！」

ふわふわのハムスターに抱えられ、輝くような笑顔でレイヴァルトは手を振る。

誰もが穴が開きそうなくらいにそんなレイヴァルトを見て、つられたように手を振り返していた。口をぽかーんと開けたまま。

そうして移動し、警戒していた庭に通じる回廊を通り終えようとしていた時だった。

――シュッ。

レイヴァルトの姿が消えた。

「え⁉」

「なんっ⁉」

マリアの驚きの声と同時に、レイヴァルトの疑問の声が上がる。

いつの間にかハムスターの腕から奪われ、レイヴァルトは庭にいて、十数匹の白ウサギに担ぎ上げられていた。

「チチチ⁉」

レイヴァルトを抱えていたハムスターは、一瞬のことに混乱して自分の腕とウサギ達を何度も見回している。

その間に、レイヴァルトは二足歩行の白ウサギに担がれたまま、遠ざかっていきつつあった。

「おおお、追いかけてお願い！」

お願いすると、一匹のハムスターが、マリアを抱えて走り出してくれる。

ラエルがその横に追いつき、少し後ろからイグナーツが「ぬおおおおお」と叫びながら猛然と走って来た。

さすがハムスターの足は速く、一気に遠ざかっていたレイヴァルトの姿が近づく。

白ウサギ達は足を速めていたが、森の中に入ってしばらくすると、急に立ち止まってその場にレイヴァルトを放り出した。

レイヴァルトも腐っても幻獣の先祖返り能力を持つだけあって、されるがまま地面に放り出されることはなく、上手く足から着地した。

「一体こんなところに連れて来て何を……」

レイヴァルトはすぐに周囲を見回し、状況を確認しようとした。

しかし、森の奥からその人物が現れる。

銀の髪の青年だ。

でもふらつき、青白い顔をしていた。

近くの木に手をついて、息苦しそうにする銀の髪の青年を見て、マリアは何か病気にかかっているのか？　と考える。

銀の髪の青年は警戒するレイヴァルトに近づこうと、一歩踏み出す。

「ドコニモ、イカセナイ……」

やたら情熱的な言葉に、レイヴァルトの表情が凍った。

マリアは首をかしげるしかない。

「やっぱり殿下に執着してる」

もうライザ女王やルイス王子など、目に入らないかもしれない。

それぐらいレイヴァルトだけを見つめていて……。

銀の髪の青年は、もう一歩踏み出したところでその場に膝をつき、すぅっと姿を消した。

「まるで幽霊のような消え方ですな」

追いついたイグナーツが、ぜいぜいと息を整えながら言う。

本当にその通りだとマリアは思った。


その後、レイヴァルトとマリア達は王宮の部屋に戻ることができた。

今回はレイヴァルトを変化させられることはなかったので、問題なくそれぞれの部屋に戻り、休むことにしていた。

そして夕食の時間が近づくと、マリアは召使いの手を借りて着替えた。

女王が着せたがったという、上品なピンクベージュに赤い刺繍《ししゅう》と小さなガーネットが無数に縫い付けられた華やかなドレスだ。

ぜひこれを着て同席してほしいと、ライザ女王が依頼してきたのだ。

夕食会場の広間に到着した時の、ライザ女王の喜びようはすごかった。

「まぁまぁまぁ！　とてもよくお似合いよ！　ああ、素敵！　美しい宝石に包まれているみたい。作らせて良かった！」

感涙にむせび泣きそうな勢いで、マリアを抱きしめる。頬ずりはマリアの化粧が落ちるからとされなかったけれど、マリアはライザ女王が心配になった。

(こんなに感情の起伏が大きすぎると、頭に血が上りすぎて倒れないか心配になるわ)

落ち着くお茶でも飲んでもらった方がいいのではないだろうか。ふんわりと効果のあるハーブティーを勧めよう。

ライザ女王に比べると、やはりルイス王子は柔らかい反応だ。

女王の横からそっとマリアの手を握り、握手して喜んでいる。可愛い。

「また会えて嬉しいです！　兄上がなかなか会わせてくれないし、勉強やお稽古事が忙しいせいで、薬師様の側にいられる時間が少なくて……」

それでもレイヴァルトにちくちくと釘《くぎ》を刺す。

レイヴァルトは苦笑いしていた。

「悪かった。でも、マリアは調べ物があったからね」

マリアとレイヴァルトはあの不審な銀の髪の青年への対応を考えるため、レシピを検討したりしていた。この食事の後には、アルスファード公爵家から持って来た本を読む予定になっている。

「あの不審者の一件ですね。レイヴァルト殿下の手はもう大丈夫なのですか？」

ロンダール宰相が気遣う眼差《まなざ》しをレイヴァルトに向けた。

「元に戻ってからは問題ないみたいです」

ひらひらっとレイヴァルトは手を動かして見せる。

ロンダール宰相は次にマリアに言った。

「ドレスがよくお似合いです。女王陛下の見立てに間違いはないようですね」

「もちろんよ！　マリアさんのために特注で作らせたのですもの！」

「特注……」

マリアはこのドレスが怖くなった。

伯爵令嬢時代も、こんなに豪華なドレスは着たことがなかった。王宮で行動する上、女王陛下と一緒に食事をするのだから、これぐらいの品が必要なのだとわかってはいるけれど、気後《きおく》れしてしまうのだ。

「本当に綺麗だよ。マリアが綺麗になりすぎて、他の人間の視線を集めてしまうのが心配になるぐらいだよ」

レイヴァルトも手放しの称賛をしてくれる。

だからマリアは、ちゃんと自分に似合ってると信じようと思った。

気後れしたまま行動して、うっかりスプーンやフォークを落としてしまってはいけない。それこそ大恥をかいてしまうのだし。

「嬉しいです」

だから彼にそう伝えると、レイヴァルトは少し恥ずかしそうに微笑んだ。

「仲良しねぇ。素敵だわ！　レイヴァルトと結婚してくれたら、私もマリアさんに沢山会えるだろうから、本当に嬉しいわ」

「僕も、僕も嬉しい！　姉弟なら成長した後も、沢山くっついてもおかしいと思われないもんね！」

ルイス王子までそんなことを言い出し、立ち上がる。

「興奮しすぎですよ陛下、ルイス。食事を始めましょう」

二人を抑えて、ロンダール宰相が給仕を呼んだ。

早々に食事を並べてしまえば、ライザ女王もルイス王子も、少しは他に意識がいって落ち着くと考えたのだろう。

美しい花弁が使われたテリーヌに、チーズ。

スープは丁寧に裏ごしされたポタージュが、きちんと温かい状態で配膳される。

メインディッシュは子牛の柔らかな肉。

美味《おい》しくて、何を言われても意識が料理に行ってしまいそうになる。

そんな素敵な夕食の後、レイヴァルトはライザ女王と書きつけについて話し合うことにしているそうだ。

「君は休んだり、自分のしたいことをしていて」

そう言われたマリアは、宿泊している部屋に戻って楽な部屋着になると、レイヴァルトの実父の書きつけを読むことにした。

あの幻獣についてまとめられた書きつけだ。

召使いが用意してくれたお茶を口にしながら、一ページずつ、レイヴァルトの実父が何を調べようとしていたのかを読み取ろうとする。

「幻獣のこと、どうしてこんなに研究をしていたのかしら。好きだった……とか？」

そうだとしたら『普通』かどうかなんて気にしないのではないだろうか。

「これも普通。こっちも普通」

書きつけの半ばを見た後、マリアはふと気になる記述を見つけた。

閑話二

時はさかのぼり、夕食前。

「これが、父上の日記か」

相手に渡さなかった恋文としかいえない内容だ。

――いつでもあなたの側《そば》にいたい。でもいつか離れる日が来るかもしれない。

――きっと僕の方が先に逝《い》くはずだ。その時君は涙を流してくれるだろうか……。

体を悪くしてからのものだったので、実父は行く末のことを思い悩むことが多かったようだ。

「私も、マリアより先に亡くなる可能性があったとしたら……」

こんな風に思ってしまうかもしれない、と思う。

「それにしても、父上はこんなに情熱的だったんだね」

レイヴァルトの前では、もう少し冷静にふるまっていたように思う。妻のことを愛している
とすぐにわかるけれど、並外れて、という感じではなかった。

子供の前だったので、隠していたのかもしれない。

「たしかに、子供の前でいちゃいちゃするのは……」

多少なりと控えるに違いない。

そんなことを考えながら、レイヴァルトは書きつけを読み進めた。

「これなんて、マリアにささやくには良いセリフのような気がする」

あまり恋愛事に接してこなかったせいで、レイヴァルトはマリアへの恋心を表現しきれていない、と常々感じていたのだ。実父の書きつけは、そこを補強してくれそうだ。

しかし、ある箇所で首をかしげた。

「君のためなら、何度でも同じことをするだろう？」

思わずレイヴァルトは反すうしてしまう。

不思議な言葉だ。

前後はただただ愛を語る文章だ。何をしたのかは、よくわからない。

その時夕食の時間になったと知らされたので、レイヴァルトは一度書きつけをしまうことにした。


そして夕食後。

レイヴァルトは簡単な説明とともに、書きつけをライザ女王に渡した。

「これが、ジェイドの残した……」

渡した書きつけを手にしたライザ女王は、はらりとページをめくって、すぐに閉じ、ぎゅっと抱きしめた。

「間違いなく、あの人の筆跡だわ。こんなものが残っていたなんて」

「あの小屋を整理したのは、母上ではないのですか？」

子供だったレイヴァルトはさておき、アルスファード公爵も使用人任せにしていたと聞いていたので、残す物の取捨選択をしたのはライザ女王だと思っていたのだ。

ライザ女王は首を横に振った。

「あの人の思い出が詰まった物を見るのが、辛くて……。腐りそうなものや、盗まれそうな物は処分するために運んでもらって選《よ》り分けたけど、あそこには入らなかったの」

小屋に何が残っているのかは、実際に目にしていないそうだ。

「それは、私も似たようなものでした……」

レイヴァルトも、父との思い出が沢山詰まった場所に行くのが、なんだか悲しくて。

整理には参加せず、時々小屋に入っても父の使っていた椅子に少しだけ座り、思い出に浸って出る、ということを繰り返していただけだ。

その頃は薬についても興味が薄かったので、父の物が残ってさえいればいいという感覚だった。

長じてからは「いつまでも思い出を残しておいて、現アルスファード公爵に迷惑がかかっているのでは？」と考えたから、引き払っていいと伝えていたのだ。

「今回、色々と父が残した物を確認できて良かったと思っています」

それもこれも、マリアのおかげだ。

彼女がきっかけをくれた。

「ところで、それは母上に見ていただきたいのですが、中に少し気になる記述がありました」

「気になる記述？」

「そこだけ折り目を入れて……ああ、このページですね」

レイヴァルトは印として端を折っていたページを開く。

「何度でも同じことをする、というのが気になりました。この書き方だと、まるで父上が体を壊したのは、何かをしたせいだ……と思えて仕方なくて」

話を聞いたライザ女王は、何度も問題の記述を読み返す。

「あの人が体を壊した日……何かあったのかしら」

「たしか、王宮へ行かれたのでしたよね？　そこで体調を崩された」

寝込んだ父を見て不安に駆られたので、レイヴァルトはよく覚えている。風邪だと聞いたけれど、あまりに病状が重そうだったので。

ライザ女王もそれを肯定した。

「そうよ。兄上に呼ばれたの。父の遺言があるからと。ジェイドは私と一緒に王宮へ来て、別行動をしていたのよ」

「父上はどこへ？」

「その頃はまだ、王宮の騎士として今のアルスファード公爵が勤めていたから、彼に会いに行ったのよ」

親族に会う用事があって王宮まで同行したらしい。

レイヴァルトは父親の行動に納得がいったのだが。

「……アルスファード公爵と一緒だったのですか」

ライザ女王がうなずく。

「あの日……。兄上と話をした後、私はジェイドを探したわ。待ち合わせをしていた場所にいなかったから。人も使って探させて、結局見つけたのは庭だった。庭にジェイドが倒れていて、アルスファード公爵も具合が悪そうにしながら介抱しようとしていたわ」

「アルスファード公爵も、同時に体調を崩したのですか？」

同時と聞いて、レイヴァルトは何かがおかしいと感じる。

「アルスファード公爵がすぐに家へ帰れるよう手配して、私はジェイドを連れ帰ったわ。その後で、アルスファード公爵も一度寝込んだと聞いたの。二人でその日、何をしていたのかはよくわからないわ。庭で話し込んでいただけだ、と言うばかりで……」

ライザ女王はため息をつく。

「二人に、病をうつした人間がいるはずだし、その人が治療していたら、その治療法を聞いたらジェイドにもすぐ効果の出る薬が作れると思ったの。だから、会った人間は誰なのかとか、詳しく教えてほしかったのに、他には誰とも会っていないと言うし」

「母上は違うと思っているのですよね？」

ライザ女王はうなずいた。

「それ以前の数日間、いえ、十日以上、ジェイドはアルスファード公爵とは会っていない。元から体が丈夫ではない人だったから、王宮に一緒に行くぐらいしか外出はしていなかった。公爵邸の人間や王都の人とは会っているけど、その誰も、ジェイドと同じように寝込んだ人は見つからなかった。あの二人だけが、おかしな風邪をひいたのよ？　普通はありえないわ」

「二人だけ」

元から丈夫ではなかったレイヴァルトの父が、より体が弱くなってしまい、頑健だったアルスファード公爵ですら一時寝込んだ。

けれど誰一人、二人以外は同じ風邪にかかっていないし、レイヴァルトもあの頃の使用人に具合を悪くして休んだ人はいなかったと記憶している。

しかしライザ女王も、沢山調べたはずだ。

王妹が調べてもわからなかったことを、今になってレイヴァルトに調べられるのだろうか？

そこで思い浮かんだのは、子鹿色の髪のマリアの姿だった。

（彼女と話そう）

二人で考えれば、何か新しい切り口が見つかるかもしれない。

「話してくださってありがとうございます。よければ、父上のその恋文のような日記に、何かおかしなことが書いてあったら教えてください」

「わかったわ」

了解してくれたライザ女王は、そこで微笑《ほほえ》みながら言った。

「あなたとマリアさんは、当時のことが関連して、あのニンジン男にアルスファード公爵が攻撃されると思っているのね？」

「はい」

隠す必要はない。レイヴァルトは素直に認めた。

「では、すぐに調べてみるわ。あと……」

それからぐっとレイヴァルトに身を乗り出して、真剣な眼差《まなざ》しを向ける。

「マリアさんによろしくね？　私も頑張りますって言ってたって伝えてちょうだい」

「承知しました、女王陛下」

レイヴァルトは苦笑いするしかなかった。

ライザ女王をその場に残し、レイヴァルトは部屋に戻ろうとしたが、その前にマリアの部屋を訪れてみることにした。

部屋の前には、手配通りに衛兵が一人立っていた。交代制で、常にマリアの部屋を守ってもらうよう手配してあった。

昼間はイグナーツもいるが、さすがに夜は休ませている。

「中にいるかい？」

尋ねれば、「はい」と答えが返ったので、ノックをしてみたのだが。

「………眠ったかな」

二度ノックしても、何の応答もない。

気になって、扉を開けてみる。

すると、マリアが白い書き物机に突っ伏して目を閉じていた。

召使いの姿はないので、もう眠るだけだからと、早々に下がらせたのだろう。

レイヴァルトは中に入り、マリアが眠っているのか、具合が悪くはないかを確認してみた。

顔色も悪くはない。

子鹿色の髪はつややかで、部屋着はゆったりとした、すぐに眠れる物を着ている。

いつもきっちりしている彼女が、柔らかで無防備そうな衣服だけを着て、目を閉じている姿に、レイヴァルトは心引かれる。

起こさずに、ずっと見つめていたい。

でもこのままでは、眠っている間に体が冷えてしまう。無理な体勢を続けたせいで、あとであちこち痛んだりもするはずだ。

「マリア」

ささやいたが、彼女は目覚めない。

だからそっとマリアを抱え上げ、寝台に移すことにしたのだが。

「……このままでいたい」

薄手の衣服だからこそ、マリアの体の柔らかさや温かさを腕に感じる。離したくないと思ってしまうけれど、そうもいかない。

まっさらなシーツの上に彼女を横たわらせる。

その時ようやく、マリアはうっすらと目を開けた。

「殿下……？」

かすれ声で呼ばれて、レイヴァルトは微笑む。

「机の前で眠っていたら、体を痛めるよ。ちゃんと寝台で寝ないと」

「はい。あの、女王陛下との、お話はどう……」

マリアの問いかけは、声は小さく、とぎれとぎれだった。きっと完全には目覚めていないせいだ。

「明日教えるよ。だから眠って」

「でも、早く調べてしまった方が……」

マリアは無理にでも覚醒しようとしている。ぐっと目を閉じて、何度もまばたきを繰り返す。

けれどレイヴァルトは彼女の体が心配だから、何とか寝付かせようとした。

「ほんの数時間ぐらいは問題ないだろう？　そんなに駄々をこねるのなら、ずっと隣に居座って君が起き上がらないように抱きしめていようか？」

「……っ？」

「私はそれでもいいんだよ？」

本心だ。嘘《うそ》偽りはない。

「だ、抱きしめるだけなら、話はできます」

マリアは使命感に駆られているのか、なかなか譲ってくれない。

だからレイヴァルトは寝台に腰を下ろし、マリアに顔を近づける。

「私が、話のできる状態じゃなくなるんだ、マリア」

そう言って、レイヴァルトは覆いかぶさるようにして、マリアに口づけた。

何度目になるだろう。

まだ百回には届いていない。マリアが恥ずかしがるから、怖がらせないように、少しずつ回数を増やしているから。

それでも、以前は雰囲気を察しただけで顔をそらしてしまいそうだったのに、今はこうして驚きながらも受け入れてくれる。

そんな変化もレイヴァルトには嬉《うれ》しかった。

「私はずっと君に触れていたい。できれば、唇だけじゃなくて、その首筋にも噛《か》みついでしまいたいんだ。でも君が眠るなら、今はまだ襲わないよ」

そう言って、レイヴァルトはマリアの目を手で覆う。

「だからおやすみ、マリア」

「お、おやすみ……なさ」

さすがのマリアも、眠ることにしたようだ。

間もなくマリアは、再び眠りの底に落ちていった。半覚醒状態だったからだろう。

規則正しい寝息を確かめ、寝顔をじっと見つめる。

愛《いと》しい人の寝顔は、どうしてこんなにも美しく見えるのだろう。そして可愛《かわい》い。

レイヴァルトはじっくりと堪能《たんのう》した後、彼女に寝具をかけ、部屋から立ち去ったのだった。

四章　初代王の部屋の謎

「……はっ！」

目を覚まし、マリアは思わず左右を見てしまう。

レイヴァルトはもういない。

まだ空はふわりとした朝日が差し込んで、時間の経過をマリアに知らせる。

「夢……というにはちょっと」

記憶がはっきりしすぎている。

「机の前から運ばれた記憶もあるし、寝台に寝かしつけられた記憶も……」

そこで、マリアは思い出してしまう。レイヴァルトの言葉を。

——今はまだ襲わないよ。

「うわあああっ！」

なんて恥ずかしいセリフ！

マリアは顔を覆って寝台に突っ伏してしまう。

なによりも、少し「それでもいい」と思ってしまった自分が、心底恥ずかしかった。あの時もそう思った自分を隠したくて、眠ったふりをしたら、即刻熟睡してしまったのだ。

でも、レイヴァルトにはバレていそうな気がする。

こちらが拒まない雰囲気を察して、少しずつ大胆になっているような……。

見透かされていると思うと、ますます恥ずかしい。

とはいっても、いつまでも寝台でもぞもぞしているわけにはいかなかった。

扉がノックされ、召使いが入って来る。

朝の支度のため、洗顔の水や目覚めのお茶を持って来てくれた。

「お、おはようございます」

観念して起きたマリアは、自分から挨拶をして、支度を始めた。

この日のドレスはオレンジ色。大輪の花は共布のオレンジとマリアの瞳のような緑の布で作られている。

マリアの容姿についてもしっかりとレイヴァルトから伝え聞き、マリアのために作ったことがうかがえるドレスだ。

そのまま朝食を部屋でいただく。

元々、ライザ女王達から、朝はゆっくりするように言われていた。

長旅の後、しかも依頼まで受けてもらっている関係で調べ物もあるだろうから、朝は好きな時間まで眠ってほしいと。

ロンダール宰相からは、別の理由も付け加えられた。

「朝昼晩と全ての食事の時間、女王陛下とルイス王子に頻繁《ひんぱん》に話しかけられては、落ち着いて食事ができないでしょう。朝ぐらいはご自身の時間を楽しんでください」

幻獣の血が騒いでしまう二人がいると、落ち着かないだろうという配慮だった。

当然、レイヴァルトも朝食は別室だ。

おかげで自分のペースでゆっくりと食事をとり、お茶を楽しむことができた。

その時だった。

「きゃっ」

召使いの一人が可愛《かわい》らしい声を上げる。

驚きながらも不快ではなさそうな声音に、マリアは落ち着いて振り返ったのだけど。

「あら」

そこにドーンと出現したのは、茶色の大きなハムスターだ。

庭園が気になるらしく、ハムスター達は夜の間、外にいたのだ。

あと、あの不審な青年を警戒してくれていたのだけど、森の家と同様、扉も開けずにどこから戻《もど》って来たのだろう。

召使い達はそんなハムスターの行動に慣れてないので、驚きつつも、それが可愛いハムスターだったことで、出現に喜んでいるようだ。

「お菓子が欲しくなったの？」

尋ねられると、ハムスターは「キュキュッ」と甘えるように鳴く。

「ちょうど美味《おい》しいケーキがあるから、どうぞ」

ティーテーブルに置かれたケーキを、一つハムスターに差し出す。

ケーキの乗った皿を受け取ったハムスターは、それを対面の椅子の前に置き、着席。そして予備のフォークをもらって器用に食べ始めた。

「か、かわいい！」

召使い二人が、頬に手を当てて歓声を上げた。

マリアもハムスターの様子をうっとりした気分で見つめる。

(ああ、幻獣は癒しだわ……)

ふわふわの大きなぬいぐるみのようなハムスターが、お菓子を食べる。それだけでもう幸せをもたらす絵になるのだ。

ハムスターの方も、マリアが微笑《ほほえ》むのを見て「キュッ」と目を閉じて可愛く鳴く。

マリアが喜んでいるから、ハムスターも嬉《うれ》しくなってくれたのだと思う。

……だからこそ、あのニンジンをかじりながら出現する青年の異常さを思い出す。

なにせマリアのことを嫌ってはいないものの、特別マリアに執着する様子がなかったから。

(でも幻獣なのは間違いないのに)

考えつつもケーキを食べ終わった頃、来客がやってきた。

レイヴァルトだ。

「おはようマリア」

爽《さわ》やかな笑顔がまぶしい。

マリアはおどおどとしないよう気を付け、何もなかったかのように応じた。

「おはようございます殿下」

挨拶をしているうちに、ケーキを食べていたハムスターが、慌《あわ》てて椅子から飛び下り、ベランダの窓から外へ逃げて行ってしまった。

今日はレイヴァルトが薬を飲んでいないからだろう。

「どうぞこちらへ」

レイヴァルトにソファーへ座ってもらい、机の引き出しに入れていた書きつけを手に持って、その隣に並んで座った。

さぁ、昨日の話の続きをしなくては。

マリアが内心で気合を入れていたのに。

「昨日はよく眠れた?」

耳元でささやかれ、マリアは飛び上がりそうになった。

でもそんなことをしたら、あの時の言葉を意識していると知られてしまう。

(結婚するつもりなんだから問題ないんだけど、でも知られるのがなんか嫌!)

恥ずかしさにもっと慣れるまで、平然と返すなんて自分には無理だ。

だからマリアは、しらばっくれることにした。

「ぐ、ぐっすりと眠りました。もう、夢も見ないくらいに。机の前にいた記憶しかないのに、いつの間にかベッドで眠っていましたよ」

なかったことにするなら、どうにかこうにかできる。

マリアはその上で話をそらした。

「殿下は、ここまで来る間にあの不審な青年には会わずに済みましたか？」

「大丈夫。一応願掛け程度には効果があるかもしれないと思って、マリアのシロップを飲まずに来たんだ」

レイヴァルトは、意図的に幻獣を遠ざけているという。

ハムスターと行動を共にしなければ、幻獣に避けられていることはわからないだろう。

レイヴァルトはマリアが話題を変えたがっているのを察してか、意味ありげな笑みは見せたものの、話を変えてくれる。

「さて、昨日女王陛下から聞いた話をしていいかい？」

マリアはうなずいた。

「昨日、あの書きつけを母上に渡した時に、おかしな話を聞いたんだ。父上とアルスファード公爵が、同じ日に体調を崩したらしい」

マリアはカップを持とうとした手を止めた。

「同じ日にですか？」

「うん、母上は風邪だと言っていた。私の父はそれ以降ますます病弱になるほど、ひどい風邪だった。アルスファード公爵も頑健な人だったのに、寝込んでしまったと聞いたよ」

「もしかして、お二人はずっと一緒にいたということですか？」

レイヴァルトはゆっくりとお茶を飲み、続ける。

「そうなんだ。その日、母上と一緒に王宮へ入った後、父上はアルスファード公爵に会いに行ったそうなんだ。その後、母上が用事を済ませた後で父上を探したら……二人が一緒に倒れそうになっていたところを見つけたらしい。二人とも具合が悪くて、動けなくなっていたそうだ」

「それは……」

まず最初に思い浮かんだのは、「王宮内に病原菌があったのか？」という疑問だ。

複数人が一気に病気にかかるのなら、まずはそれを疑う。

「他に王宮で、同じ病にかかった方は？」

「いないそうだ。もちろん公爵邸にも」

マリアと同じ疑問を感じたレイヴァルトは、先に確認していたらしい。

「でも状況からすると、すぐに影響が出る病に王宮でかかったか、どちらかが罹患《りかん》していて、相手にうつしたとしか思えません」

「もちろん私もそれは疑ったんだ。だから母上に確認したが、アルスファード公爵の家族も誰一人かかっていない。もっというなら、人にうつる病なのかも怪しいと思っているんだ。父上とアルスファード公爵以外、誰も同じ病にかからなかったのだから」

レイヴァルトの分析にはうなずくしかない。

「妙ですね……」

病気の手がかりがないこともおかしいけれど、そこまでうつりにくい病に、どうして二人だけがかかってしまったのか。

血縁関係者だからこそ、かかりやすい病はある。それなら、二人の家族以外にも一人ぐらいはかかる人間がいるはず。

でもそれすらないとなれば、疑うのは一つだけ。

「やっぱり、幻獣が関わっているのでしょうか」

幻獣が関わると、普通の病気とは思えない病気が発生するのだ。

「アルスファード公爵が幻獣らしき存在に嫌われるあたり、そういう要素があるとしか思えない、と私も思うよ」

レイヴァルトも同意してくれた。

「マリアの方はどうだった？」

聞かれて、マリアは手に持っていた書きつけをレイヴァルトに開いて見せた。

「おかしな記述があって、私はここからも幻獣の関連を疑っているんです」

「どこ？」

「ここです」

指さしたところを見て、レイヴァルトがうなる。

「普通……の幻獣か」

「殿下のお父上にとって、幻獣は『普通か』『普通ではないか』の二通りいるのです。でも昨日見た限りでは、一体何が『普通ではない』のかがよくわかりませんでした」

「そういえば、あの恋文みたいな書きつけにも、おかしな言葉が書いてあったんだ。『君のためなら、何度でも同じことをするだろう』って」

「何度でも同じことを？」

「前後の文章の関係から、父上は病にかかる直前に、何かをしたんだと思うんだけど」

だからこそ体調を悪化させた当日のことを聞いたら、アルスファード公爵と一緒にいたことをライザ女王から聞いたらしい。

「女王陛下のために、何かをする……というのも、なんだか妙ですね。女王陛下は持病はお持ちではないのですよね？」

「そうだね。特に病気があるとは聞いたことがないし、ずっと元気で、寝込むのも年に一度風邪をひいた時ぐらいじゃないかな」

だとしたら、何のために？

「殿下のお父様は、ご病気をされた後も王宮へ出入りしていましたか？」

「いいや。体力が落ちてしまったから、大事をとって公爵邸からは出なかったはずだよ。公爵家としての仕事も、外へ出る必要があるものは母上が代行していた」

「なるほど」

（たぶん、これが答えに通じる道だ）

レイヴァルトの実父が女王のために何かをした。

病気になってからは王宮へ行かなかった……ということは、おそらくは『何か』をしたから、病気になったのだ。

さもなければ、病気になった後で書いた恋文の中に『君のためなら、何度でも同じことをするだろう』なんて書くはずもない。

(たぶん、このままでは自分が先に亡くなるから。亡くなった後、もし自分がしたことを女王陛下が知っても悲しまないように、自分がしたことだと書き残したのではないかしら？)

夫の物だから、ライザ女王自らが整理をすると思ったのかもしれない。

でもライザ女王は悲しみのあまりに彼が大事にしていた小屋に入れなかったし、レイヴァルトは父がいた時のままの状況を残したかったのか、小屋の物に手を付けることはできなかった。

おかげで今まで知られずにいた。

(そして女王陛下も、たぶん殿下の実父が何をしたのか、まだ知らない)

一体何をしたのか？

女王陛下に関わって、病にかかるようなこととは、何なのか。

「状況からすると、病気になったのは女王陛下を庇《かば》ってのこと……のように思えますが」

レイヴァルトの実父は、ライザ女王に何かが起こるかもしれない、と事前に知って行動したようにしか思えない。

「私もそう思う。まるで、母上の代わりに毒を口にした人みたいな言い方だ、と」

「近い気がします。ただ、毒ではないのでしょう。毒だったら、殿下のお父様が幻獣について調べないでしょうから」

マリアの言葉に、レイヴァルトがうなずく。

「だから『普通』じゃない『異常な幻獣』がいて、それについて調べていたのか」

ふっと息をつき、レイヴァルトが苦笑いする。

「父上も、どうにか体を治したかったんだろうね。さもなければ、せっせと小屋に通って研究をしなかったはずだ。そして……もう一つおかしなことに気づいたんだけど」

「おかしなこと？」

「どうして公爵邸内ではなく、庭に小屋なんて作ったのかっていうことだよ」

言われてみればおかしい。

最初、マリアは薬の研究をしていたというから、薬の実験の時に建物に火がついたりすることを避けようとしてのことだと思っていた。

「当時の私は、疑問にも思わなかったんだ。隠れ家みたいで面白いと思っていただけで。でも父としては、幻獣について調べている姿をあまり見せたくなかったのかもしれないね。王族に流れる血について母上から聞いて知っていたはずだし……いや」

そこでふと何かを思いついたらしい。

「幻獣について調べることが、幻獣の血を引く王族である母上に申し訳ないと思って……だと考えていたのだけど。違うかもしれない」

マリアはハッと息をのむ。

「殿下は、王族に関係のある幻獣がお父上の病の原因だった、とお考えですか？」

レイヴァルトは「そう」と肯定した。

「王族と関係のない幻獣のことであれば、別に堂々と調べればいい。主に薬について実験したいからと言って小屋を建てて色んな本を持ち込んだりしていたのに、幻獣についての研究をしているなんて知らなかったんだ。意図的に隠したんだと思う」

それは、ライザ女王を悲しませたくないため。

「王家に関わる幻獣が、夫を殺しそうになったことを知らせないため？」

「うん。私はそう思う」

マリアもレイヴァルトの推測に納得する。

病気の発端は王宮。

病はその時一緒にいた二人だけで誰にもうつらない、というのがすでにおかしい。

普通じゃない幻獣を調べ、調べていたことそのものを黙っていたのだから。

と、そこで扉がノックされた。

外に控えていたイグナーツが、少しだけ扉を開けて来客を知らせてくれる。

「女王陛下がおいでです」

「母上が」

レイヴァルトは、マリアに「入れていいかい？」と尋ねてくれる。

「もちろんです。ぜひお話を聞きたいので」

そう返すと、レイヴァルトはすぐにライザ女王を部屋に入れた。

濃い紫に金の刺繍《ししゅう》と金剛石を縫い付けたドレスに、緋色《ひいろ》の裾の長いマントを羽織っている姿は、立っているだけで女王の風格を感じさせる。

繊細な金と金剛石のティアラもつけているので、公的な謁見《えっけん》の前に立ち寄ったのかもしれない。

「どうしても話したいことがあったから、お邪魔させていただいたわ」

そこまでは優雅に挨拶したライザ女王だったが、ふんす、と息を吐いた後は、きらきらと目を輝かせて夢見るように自分の手を握りしめた。

「朝からマリアさんとお会いできて嬉しいわ！　今日もお元気そうでなにより。おかげで世界が三割増しに輝いて見えます！」

手放しの称賛に、すかさずレイヴァルトがツッコミを入れた。

「それはたぶん、マリアへの愛情があふれすぎて、母上の目がかすんでいるせいではないでしょうか」

「愛で世界が美しく見えるのなら、素晴らしいことじゃない」

ライザ女王は前向きな返答をした。

「実は二人に話しておきたくて……」

「長い話になるかもしれませんから、お座りください母上」

レイヴァルトが椅子を引くと、ライザ女王はそこに座る。

「もう、マリアさんにあの話はしたのかしら？」

「さっき話したばかりです。それで、やはり父上は幻獣によって病を引き起こされたのではないかという推測をしていました」

「そうよね……。それしかないわ。たぶん私、彼が何をしたのか、手がかりになりそうなことを思い出したの」

ライザ女王の告白に、レイヴァルトもマリアも驚いた。

「手がかりですか!?」

「お話しください母上」

願うと、ライザ女王は立ち上がった。

「説明のためには、ある場所へ同行してもらいたいの。王宮の中なのだけど」

レイヴァルトとマリアは、すぐに自分達も立ち上がった。


ライザ女王は、王宮の外れの方へとマリア達を先導した。

中央の政務などを行う棟を離れて、北へ。

そこには歴代の王の肖像画がある回廊と、祈りの間と呼ばれる初代王の部屋があるのだという。

回廊からは、ライザ女王に付き従っていた侍従や女官達も同行しない。ここまでついて来たイグナーツも置いて、マリアとレイヴァルト、ライザ女王の三人だけで進む。

静まり返った回廊に、三人の靴音だけが響いた。

人をあまり立ち入らせないため、掃除を最小限にできる工夫がされている回廊は、簡素で、物寂しい。

床も天井にも装飾がない長方形の道だ。

左右にかけられた絵画に見つめられつつ進む中、レイヴァルトがぽつりと言った。

「この先に、隠されるべき物があるから、肖像画の回廊だけは王族以外立ち入り禁止だったのか……」

そこに自分が入っていいのか不安に思ったマリアだったが、もう今さらだ。

「そういうことです。歴代の王に敬意を表して、なんていうのは建前。この先の、初代王の部屋へうかつに人が入らないようにしていました」

「初代王の部屋は、王位の継承に関わる儀式の時だけ入ると聞きました」

「ええそうよ。国王以外の王族は、継承の儀式にのみ入室すべし、と伝わっているし、今までずっとそうしていたみたい」

「…………」

話を聞いたマリアは、とんでもない想像をしてしまう。

その初代王の部屋は、誰も掃除をしていないのだ。

ということは、王族が密《ひそ》かに掃除をしている？　さもなければ蜘蛛《くも》の巣と埃《ほこり》でひどいことになっていそうだ。

お化け屋敷のような光景を想像していたマリアは、ドキドキしながら初代王の部屋の扉の前に立つ。

ライザ女王は無言で二つの鍵を開け、扉を開ける。

「あ……」

その向こうは小部屋になっていて、すぐに大きな扉がある。

初代王の部屋の扉が二重だったことにマリアもレイヴァルトも驚いた。

扉も特別な材質なのか、木のような色や模様なのに、つるりとしている。

小部屋は定期的に掃除はしているのか、床にうっすら埃が積もるだけだ。

「ええと、この先に私が入っても本当に大丈夫なのですか？」

今さらながらに聞いたマリアに、ライザ女王はうなずく。

「ここ以外に秘密を保ったまま、お話しできる場所はありませんし、絶対に誰も入れてはいけない、と伝えられているわけではありません。なにより青の薬師《くすし》は特別ですので」

説明したライザ女王が、取っ手もない扉に向かう。

そして扉の端に手の平を当てた。

ふっと、扉全体に薄青の線が広がる。

(薬を作る時みたい)

薬の成分がガラスの作用に反応した時のように、光る線が浮かび上がったのだ。もしかするとこの扉は、ガラスでできているのではないだろうか。

光はすぐに消え、ゆっくりと扉が開いて行く。

その先は、乳白色のガラスに覆われた部屋になっていた。

継ぎ目の見えない白い床もガラスだ。

「まるでガラスの森のような……」

つぶやいたマリアに、ライザ女王が応じた。

「そうなのです。とても小規模なガラスの森なのですよ、ここは」

「ガラスの森なのですか？　森のガラスを設置したのではなく？」

レイヴァルトも信じられないらしく、周囲や天井を見上げている。

つられるように上を見たマリアは驚いた。

たしかに、木々が枝葉を伸ばして作ったようなガラスの天蓋《てんがい》がある。

何度も見ているからマリアにもわかる。これは、間違いなく本物のガラスの木だ。

「よく、今まで誰にも気づかれませんでしたね」

感心したように言うレイヴァルトに、ライザ女王が苦笑いする。

「ガラスの木の外側を、さらに建物で覆っているのよ。そしてこの部屋は、北の森へ少し突き出すように作られているわ」

「見えないようにした上で、万が一のために人があまり寄り付かない場所に作った、ということですか」

ライザ女王はうなずく。

「初代の王は幻獣の血を引く人だったから、幻獣に頼んで、ここに森と、部屋を作ったのでしょうね。あの中心の木が、私がここへ二人を連れてきた理由よ」

一度息を吐いて、ライザ女王は説明してくれた。

「私の前の夫、ジェイドが病気になった日。私は兄とここへ来ていたのです。それは王位を継承する人間を定めるため」

「え？」

ライザ女王の話に、レイヴァルトが声を上げる。

「継承順位は決まっているではありませんか。先代王の方が兄なので先に継承するのでは？」

ライザ女王は首を横に振った。

「兄上は、できれば私を女王にしたがっていたのですよ。怪我《けが》が元で体が弱くなって以来、王位に就いた後で急な代替わりをすることになるのを心配していたので。当時は政情が不安だったから」

思い出すように数秒だけ目を閉じたライザ女王は、説明を続ける。

「王家には、この木に触れてより強く濃く木が輝いた者を国王にする伝統があるのです。兄からそう学びました。おそらくこのガラスの木は、幻獣の血の濃さで反応を変えるのでしょう」

だから継承順位が決められる。

人の世のしがらみではなく、幻獣の血の濃さをセーデルフェルト王家は尊重していたのだ。

「このガラスの木は、血の濃さを選別するだけなのですか？」

レイヴァルトの質問に、ライザ女王はうなずいた。

「木が十分に輝けば、以後はガラスの森が王を守ってくれるのだと言われています」

「王を……守る？」

森が王を守ると聞いて、マリアは思わず尋ねてしまう。

「そうです。伝聞なのですけれどね。でも実際、王族に何かがあればどこからともなく幻獣が出て来ると言われていますし、過去にはそういった事例もあったようです」

ライザ女王は微笑みながらレイヴァルトを見た。

「レイヴァルトが変化できる力を持っていたことで、私は真実だと確信しています。王家の祖先の幻獣は竜。そして竜は幻獣達の王です。初代の王そのものか、もしくは縁のあった幻獣達が死して小さな森を作ったのかもしれません」

「なるほど。竜の幻獣なら、自分もしくは仲間に頼んで森を作ってもらえるかもしれませんね」

マリアはなるほどと納得した。

竜はガラスの森の基礎を作る。そこに沢山《たくさん》の幻獣がやってきて終《つい》の住処《すみか》とし、ガラスの木として生まれ変わり……大きな森へと育っていくのだ。

（もしかして、王宮の森にあるガラスの木の群生も、ここのガラスの木の根が伸びて生えたものの？）

可能性は高いな、とマリアは考えた。

「ここで継承の確認をしていたとして、どう父上の病気に関わるのですか？」

レイヴァルトの疑問に、ライザ女王は答えにくそうに唇を噛《か》んだ。

それから中心に伸びる木の幹に手を触れる。

ふわりと触れた場所から、虹色の光が揺らめくように広がっていく。

乳白色と虹色が交ざる色合いは、まるで磨いた貝殻で作る螺鈿《らでん》細工のように綺麗《きれい》だ。

「あの日、ガラスの木は私と兄が触れても光りませんでした」

「え？」

マリアは目をまたたいた。

なぜ？

「理由はわかっているのでしょうか？」

マリアの問いに、ライザ女王は首を横に振った。

「わかりません。私と兄、二人とも何度触れても反応がなくて、王位は出生順通りに継承しようと、二人で話して決めました」

それを決めた後、帰ろうとしたらライザ女王の夫とその従弟《いとこ》が病に倒れたのだ。

「王家の幻獣と、ジェイド達は何か関わりがあったのかもしれません。レイヴァルトが昨日持って来た書きつけを見て、私はジェイド達が幻獣を怒らせたのではないか、と思いました」

その言葉に、マリアは自分の中にずっともやもやとしていた疑惑が、正解だったかもしれないと気づいた。

レイヴァルトにそれを言うべきかどうか……。

悩みながら、マリアは目の前のガラスの木を見つめ、それから初代王の部屋を出たのだった。


部屋に戻るため、王宮内を歩いている間、マリアはついつい黙り込んでしまっていた。

レイヴァルトに今日の昼食について聞かされたけれど、上の空だ。

でもレイヴァルトは、歩いている時には何も聞かなかった。

彼が質問したのは、マリアの部屋に入り、人払いをした後だ。

「何か悩みができたのかい？」

優しく尋ねてくれるレイヴァルトに、マリアは返事をためらった。

でもじっと答えを待ち続けるレイヴァルトを見て……その冷静な様子に、腹を決めた。

彼ならばきっと、率直に話してもわかってくれるだろうと。

それでも勇気が必要だった。

彼を、傷つけてしまうかもしれないから。

マリアは一度深呼吸してから、言葉を声にして出した。

「……レイヴァルト殿下のことです。もしかして殿下の体質は、お父上の影響ではないかと」

それだけで、レイヴァルトは何のことを言っているのかわかったようだ。

レイヴァルトの幻獣に嫌われる体質。それは、彼の実父のせいだと言ったのだ。

小さく息をのんだレイヴァルトだったけれど、表情はさして変わらない。

落ち着いた様子で質問を重ねた。

「そう推測する理由を聞いてもいいかい？」

「レイヴァルト殿下のお父上と、現アルスファード公爵が当時かかったという風邪は、誰にもうつりませんでしたし、うつした人も見つかりませんでした。だから幻獣のもたらしたものだと思います。そんなおかしな病気は、幻獣によるものしかありえません」

続きを言う前に、マリアは一呼吸置いた。

「ただ、影響を受けた人はいるはずです。それが……」

「私ということだね」

マリアはうなずく。

「アルスファード公爵にもお子様がいますが、生粋《きっすい》の王族ではないために、影響がお一人だけで収まったのではないでしょうか？　でもレイヴァルト殿下は王族。幻獣の血が流れています。そこが違いだと思うんです」

「これは、私が王族だからなのかい？」

「そうだと思います」

マリアは自分の考えを説明する。

「以前、薬師の一族の人間がガラスの森や幻獣に危害を加えると、その人物の子孫もガラスの森へ入れなくなり、幻獣にも嫌われると聞きました。それと一緒なんです。普通の人間に対しては、そういうことは起こりません。おそらくですが……ある血筋の人間を特定して呪えるのは、薬師の一族が幻獣と契約しているからだと思うのです」

だから薬師の一族は、幻獣側からその血筋を細かに特定できる。

「幻獣と契約し、同じ存在と位置付けられているから、特定の薬師の子孫だけを対象に呪えるのではないでしょうか」

他の人間に対しては細かく特定できないから、一括《いっかつ》で森を閉じるという方法になってしまうのだと思う。

さもなければ、薬師への呪いは一族内だけでは済まないはず。

薬師の一族には、最初の薬師以外の血統も混ざっている。なのに薬師の一族だけを的確に定めて発動する呪いなら、逆に薬師の一族の血のみに反応していると考えるべきだとマリアは思うのだ。

マリアの推測に、レイヴァルトはうなる。

「薬師の一族についての扱いを、そんな風に考えたことはなかった……」

「たぶん、考えるべき対象から外していたのではないでしょうか。契約の薬師は、幻獣にとっては無条件に慕わしい存在で、一つ上の存在として認識していたのでしょうから」

一心に思い続けたい相手について、分析したい人がいるだろうか。

冷静なレイヴァルトであっても、それは難しいはず。

「そういうわけで、アルスファード公爵の一族は、幻獣がその一族だけを呪えなかったため、本人にしか影響はなかったのです。だけどレイヴァルト殿下は幻獣の血がとても濃い人だから」

説明を終えると、マリアは話したことを後悔しそうになった。

王宮内でのことだし、レイヴァルトの実父やアルスファード公爵の当時の行動を知るためには、必ずレイヴァルトの協力が必要だ。

(でも、お父さんが原因だと言ってしまった)

事実を口にしたことで、自分の家族を悪く言われたと、怒る人はいるのだ。

薬師はよくこういうことに直面する。

病が感染する経路を特定して防ぎたい時、こういうところで母がいつも苦労していた。

その人が悪いという話をしたいわけではない。経路がわかれば、そこを閉じてしまえばもう広がらなくなる。そのために特定が必要なことがあるのだ。

でも最初の一人を特定すると、悪者にされた気分になるのは理解している。

こちらにそんな意図がなくても。

(これが流行病《はやりやまい》だったら、他の人への影響を説明することで罪悪感を減らすことができるけど……。やっぱり一人で解決するべきだったかな)

幻獣達に手伝ってもらって、密かに行動していれば。

なによりこうして悔やんでしまうのは、レイヴァルトに嫌われるのではないか、とマリアが恐れているからだ。

恋人と家族は違う。

どちらをどう優先するかは、本人次第だ。

亡くした父親のことを懐《なつ》かしそうに語っていたレイヴァルトなら、不愉快に思うかもしれない。

うつむいてしまったマリアは、ふいにレイヴァルトの腕に抱えられる。

頭の上に、頬を寄せるふわりとした感触。

マリアを抱きしめたレイヴァルトは、なだめるように言った。

「悲しまないで、マリア。君に辛いことを言わせてしまったね。私の悩みの元を作ったのが、父上だったなんて……。でも私はわかって良かったよ」

レイヴァルトの言葉に、マリアは目をまたたかせる。

「ほ、本当にそう思いますか？」

「もちろん。原因がわかれば、もし治せなくても納得はできるようになる。気の持ちようが変われば、幻獣に避けられる悲しさは、少しは減るだろう？」

「そうかもしれませんが、でも……」

自分が悪く言われる原因が家族だなんて、楽しいものではない。

「思えば、私も少し心当たりがあるんだ」

「え？」

驚くマリアに、レイヴァルトは頭に手をやって苦笑した。

「時々、父が言っていたんだ。『幻獣と遊べなくなって申し訳ない』と。『もっとちゃんとしていたら』なんて言っていた。自分がしたことで、私に迷惑をかけたとわかっていたんじゃないかな」

「殿下のお父上が……」

「うん。本人もばつが悪くて正直には話せなかったんだと思うよ」

そこでレイヴァルトが肩をすくめた。

「とはいっても、私に関しては、別に命に関わるようなものでもないし、ガラスの森に入れないわけでもない。確かに幻獣とたわむれられないのは寂しいけど、それだけなんだよ」

なにより、とレイヴァルトが付け加える。

「どうして父上がそんなことをしたのかは、母上が初代王の部屋のことを説明してくれたおかげで、わかった」

「わかったんですか⁉」

マリアは勢いよくレイヴァルトの腕を跳ね上げて、彼の顔を見上げる。

なにせマリアはわからなかったのだ。

「それこそ恥ずかしい話なんだけどね。昨日の書きつけに恨みごとみたいに書かれていた言葉があって。読んだ時にはわからなかったけど、今はそうだと推測できるんだ。当たっていると思うけど、後で母上に再確認してから君に話したいんだ。いいかな」

「もちろんです」

マリアは手伝っているだけだ。

ことが家族の秘密とか、王家の秘密に繋《つな》がってしまうのなら、よく相談して伝えてもらった方がいい。

そして、とレイヴァルトは続ける。

「幻獣を怒らせるようなことになってしまった理由を確実に知るため、明日にもアルスファード公爵の家に行って、もう一度話を聞きたいんだ」

「ついて行きます」

即答したマリアに、レイヴァルトが微笑む。

「ありがとう、マリア。では、また後で来るよ」

部屋を出ようとする彼を見送り、マリアはつぶやく。

「そういえばアルスファード公爵のための薬、今なら何か思いつかないかな。幻獣の呪いを緩《かん》和《わ》する薬なら、あってもおかしくなさそうなんだけど……」

アルスファード公爵を王宮にあまり呼べず、こちらから訪問するしかないのは、幻獣であろう銀の髪の青年に攻撃されるからだ。

幻獣に嫌われる人間がいるのは、そう珍しいことではない。

以前捕まえたガラスの森の密採取者の件を考えても、薬師の一族であってもその対象になるのだ。

しかし、その子孫がガラスの森の幻獣のため、必要になる場合はなかったのだろうか？

「なにせ契約の薬師って、数がいないみたいだし」

キーレンツ領の青の森だって、数十年も契約の薬師がいなかったと聞いている。

その時は外国から呼んだというし、薬師不足は深刻なはず。なのに血縁のある子孫が出入り禁止になっていたら、ガラスの森の方にも不都合があってもおかしくはない。

ただ他の森の薬師には伝わっていないことから、キーレンツにいた薬師も全くレシピを知らない可能性は高いが……。

マリアは森の家から持って来ていたレシピを丹念に見ていく。

レシピは一通り目を通してはあるけれど、よくわからない薬がいくつもある。材料と作成法だけ書かれている物もあれば、材料しかメモがない薬もあるのだ。

その中に求めている薬のレシピがないかと、マリアは一つずつ探していた。

「これは……材料的に、幻獣の眠り薬？　次は……たぶん人間用？　でも材料にトカゲの尻尾《しっぽ》……あと香料の分量からすると、やっぱり幻獣？」

幻獣用の薬が多い。なかなか人間用が見つからない。

「せめて人間に応用できる物があったらいいんだけど」

マリアはお茶を口にしつつ、レシピを検討し続ける。

「次のこれは……ん？」

材料の説明書きがあって、内容は錯乱した幻獣に関するものだった。

「幻獣の爪で傷がついた時の……？」

説明を読んでいくと、どうやら幻獣の爪で印をつけられた時、一般の人でも本人だけに何らかの呪いをかけることができるそうだ。

それを解除する方法は、幻獣が死ぬか、本人が死ぬか。

なのでこの時の青の薬師は、緩和する方法を作った。

「これ、使えるかもしれない」

マリアはさっそく、材料を検討する。

「半分は傷薬の材料……蜜蝋《みつろう》にカレンデュラとラベンダーオイル、紫水晶、傷をつけた幻獣の血」

レシピには当の幻獣の血が必要とされていたけれど、これは変更だ。

なにせアルスファード公爵の相手は、謎の幻獣。幻獣の正体を突き止めることもできていないのに、材料が得られるわけもない。

それにアルスファード公爵は一時的に病気になっただけで、爪痕があるわけではない。

「そこから考えると、怒りを買うだけで、呪えるような……力のある幻獣なのかもしれない」

とにかく血以外の物を混ぜる方向で、薬を組み立てることにした。

「それなら、好む物を追加して、嫌悪を誤魔化《ごまか》せるか試してみる？」

あの幻獣の好む物と言えば、王族の血と……ニンジンか。

常にニンジンを食べていたので、よほど好きなのだと思う。しかも彼がガラスの木の群生地で出現させたのは全てウサギだ。

「ニンジンは入れてもいいかも。王族の血をもらうのはちょっとやめておこうかな。レイヴァルト殿下に頼めばくれるとは思うけど、過剰な反応が出た時が怖い気がするし。他は……私の薬とか？」

あの銀の髪の青年は、マリアの持っていた薬の匂いにはちゃんと反応していた。混ぜておけば、アルスファード公爵への敵対心は薄れそうだ。

それにしても、作成者であるマリア自身には、そこまで興味がなさそうだった。衛兵達のように昏倒《こんとう》させようともしなかったので、薬師を嫌っているわけでもない。そこも不思議だった。

「どうしてなんだろう」

間違いなく『普通ではない』幻獣だ。一方で、全てにおいて異常なわけでもない。

「あとは幻獣の卵？　あれでいいのかな？」

マリアはガラスの森で、色々な材料を採取していた。その中には特別な物も多い。

その一つが『幻獣の卵の殻』だ。

ハムスター達に案内されて行った場所に、白砂の溜《た》まった窪地《くぼち》があった。その白い砂が材料だと言われて持ち帰り、青の薬師達の記録から『幻獣の卵の殻』だとわかったのだけど。

「……よし、これで作ってみよう」

持ってきていた薬の道具を詰めた櫃《ひつ》を開け、材料と持ち込んだ天秤《てんびん》などを出した。

あとは召使いにお願いして、ニンジンや水、おろし金を用意してもらう。

他はガラスの森で採れる材料ばかりだったので、なんとか足りそうだ。

「やっぱり沢山持って来てよかった。材料を集める手間が省けたものね」

準備をしていると、ぽんぽんと肩を叩《たた》かれた。

振り返ると、いつの間にか大きさを元に戻したハムスター達が二匹いて、身振りで手伝うと言ってくれている。

「ありがとう！」

マリアは喜んで、ニンジンのすりおろしを頼んだ。

ざり、ざり、ざりとハムスターがニンジンをすりおろし始める。

その間に、瓶《びん》の力で蜜蝋を溶かしオイルを入れて混ぜる。

瓶は木の枝に実るガラスだ。

生《な》るガラスの木ごとに違う能力が宿っていて、中に入れた物を熱したり冷やしたりすることもできる。

今使っているのは、中に入れた物に熱を加えることができる赤い瓶だ。

蜜蝋の量はハムスターが天秤で量ってくれた。

ふわふわした手で小さな分銅を天秤に乗せていく姿は、なんとも愛くるしい。

追加するのは、ハムスターが用意してくれたニンジンと、レイヴァルト用の幻獣に好かれる薬を少しだけ。

それを杯《カリス》に入れ、紫水晶の粉を投入してガラスの攪拌棒《かくはんぼう》で混ぜる。

さぁっと広がるのは、紫色に淡く輝く線だ。

まるで葉脈のように杯《カリス》に広がった後、その輝きは中の薬にうつっていく。

蜜蝋がしばらくの間紫の燐光《りんこう》をまとい、収まる。

後に残ったのは、綺麗に混ぜ合わされた薄紫のもったりとしたクリームだ。

「傷はないかもしれないけど、これを塗ってみてもらおうかな」

マリアは出来上がったクリームを容器に入れる。

続いて、ふと思いついた薬も作ることにした。

こちらは、忌避《きひ》剤だ。

アルスファード公爵は『嫌われるような匂い』を発しているかもしれないので、それを誤魔化す薬を作った。一方でレイヴァルトが自由に行動するためには、『大好きな匂い』を誤魔化さなければならない。

なので忌避剤には、幻獣が素通りするようになると思われる品を混ぜて作る。

「だから……クリームにするから蜜蝋は入れて、精油はなし。紫水晶に……」

何かないかと考えたマリアは、ふっとハムスターの姿に目を留《と》める。

あの銀の髪の青年は、ハムスター達のことはあまり興味を持たない様子だった。ハムスター達を追いかけることもないので、木や草のように関心を持たない。

マリアは道具を洗ってくれているハムスターに近づき、お願いをしてみた。

「毛を少し切って、もらえるかしら？」

試しに作る薬だし、ハムスターの匂いが欲しいのだから、別に血でなくともいいはず。とい

うわけで、ハムスターの毛を使うことにしたのだ。

ハムスターは「キュッ」とうなずいてくれて、器用にハサミで自分の毛先をちょんと切り、マリアに渡してくれた。

「ありがとう！」

お礼を言い、まずはハムスターの毛をアルコールと混ぜ、特殊な丸い透明の瓶に入れ、火にかける。

するとたちまちハムスターの毛は溶け、形がなくなる。

それを使ってクリームを作り上げた。

「効果は後で確認するとして……ありがとう！　はいお礼」

慣れた手つきで道具を片付けてくれるハムスター達に、マリアが作ったシロップを固めた砂糖菓子を渡す。

花の形にした砂糖菓子を受け取ったハムスター達は、さっそく口に入れて、とろけそうな表情になっていた。

「さっそく、殿下に見せてみよう」

ちょうど昼食の時間になった。

レイヴァルトに会う時に渡そうと、容器を持って部屋を出ることにした。

ついて来てくれるのは、砂糖菓子を食べてご満悦のハムスター二匹と、召使いが二人だ。

召使いの一人が場所を教えるため、先導してくれている。

その後ろを追いかけながら階段を下りて、食事を用意してくれている部屋へ。

と思ったら、隣を歩くハムスターが足を止めた。

振り返ると、後ろの召使いもついて来ていない。少し離れた場所で立ち止まり、一点を凝視《ぎょうし》している。

恐怖にひきつった顔に、マリアは召使いが見ている方向を確認した。

「ひっ！」

廊下の途中に立っている、銀の髪の青年。

今日は珍しくニンジンを持っていない。

彼は真剣な表情で、こちらへ歩き始めた。

「……っ！」

召使いが叫び声も上げられないまま、その場に座り込みそうになった。

マリアは彼女の前に立つ。

召使いよりはマリアの方が、幻獣への対処法をいくらか持っている。

そんなマリアの前には、ハムスターが立ちはだかってくれた。きりっとした眼差《まなざ》しをしたハムスター二匹は、通せんぼするように両手を広げる。

とはいえ、それ以上はどうしようか。

マリアが迷っている間に、背後でもう一人の召使いがどこかへ走り出す。たぶん、人を呼んで来ようとしているのだ。少し離れたところに、衛兵が待機しているはずだから。

でもここにはいない。

なにせ銀の髪の青年は、いつもなら庭からやってくる。

建物の中に忽然《こつぜん》と現れることがないので、建物内部には要所ごとにしか配置されていないのだ。

(でも、どうして私に近づいて来るのかな)

レイヴァルト達といた時は、マリアなど無視してレイヴァルトに向かって行ったし、アルスファード公爵の時も、あちらの方が気になる存在らしく、マリアに意識を向けることがなかった。

他に誰もいないと、薬師の匂いに心引かれるのだろうか?

しかしそれとも様子が違うようだ。飛びついて来る様子もなく、じっとマリアを見たまま、少し離れた場所で足を止めた。

まさか攻撃されてしまうのか、と覚悟していると、ハムスター達が鳴き始めた。

「チチチチ!」

銀の髪の青年がハムスター達の方に視線を向けた。

さらにハムスターが鳴くと、返事をするように銀の髪の青年は口を開いた。

「オレハ、アルジノ、ケットウヲ」

「……やっぱりしゃべれるんだ」

前回聞いたのは、幻聴かもしれないと思っていたマリアは、改めてしゃべった銀の髪の青年に驚く。

考えてみればいつも話せるわけがなかった。ずっとニンジンを食べていたんだから。

それにしても、血統って何のことだろう。もっと先を聞きたかったのだけど、その前に人が来てしまった。

「マリア！」

知らせを聞いたレイヴァルトだ。

昼食のために近くにいたに違いない。

もちろん銀の髪の青年は、レイヴァルトに笑みを浮かべて突撃する。

「うわっ！」

焦《あせ》っているうちに抱き着かれたレイヴァルトは、もう逃れられずにもがくしかない。

そのうちに、痛みを感じたように顔をしかめた。

マリアはハッとして、後ろにいる召使いに言った。

「今のうちに早く逃げて！　昏睡させられてしまうわ！」

マリアの言葉にうろたえた召使いだったが、「殿下は抱き着かれるだけだから大丈夫！」と念を押すと、ようやく逃げてくれた。

（よし、今のうちに！）

マリアはさっき作った薬を、蓋を開けてレイヴァルトに使おうとした。

これでレイヴァルトへの執着を、緩和できないかと思ったのだが。

「うわっ!?」

なぜか銀の髪の青年が、レイヴァルトを抱え上げて走り始めた。

「えええええ?」

びっくりしたけれど、慌ててマリアはハムスター達と一緒に追いかけた。

男性を一人抱え上げているのに、銀の髪の青年の足は速い。

「え?」

「何だ?」

途中で立っている衛兵達の横を、目を疑っている間に駆け抜け、その先にいた騎士が慌てて救出しようとする前に、王宮内から庭へと飛び出した。

「待って!」

「待て!」

続いてマリアも庭へ出る。

近くにいた騎士の方が足も速くて、なんとか銀の髪の青年に追いつきそうになった。

しかしどこからともなく複数の白ウサギが現れる。

「うわ!」

騎士は白ウサギに頭や肩などに突撃を受け、押し倒されてしまった。

後から追いかけて来た衛兵達も、同じ目にあう。

マリアは、ついてきたハムスター達が押しのけてくれたので、追いかけ続けることができた。

前途を邪魔するウサギはいない。マリアは必死に走る。

ドレスも重くて、足が速いわけではないマリアだったけど、ウサギが出て来なくなったとたん、ハムスターの背に乗せられた。

「そうか、この手があった！　お願い！」

マリアが頼むまでもなく、ハムスターは全速力を出す。

そうしてレイヴァルトに追いついたのは、北の森の中だった。

「グゥアアアアッ」

銀の髪の青年の、人とは思えない声に、マリアはびくっとハムスターにしがみついてしまう。

足を止めたハムスターのうち、背負っていなかった方が、そんなマリアの背中をぽんぽんと叩いてなだめてくれる。

「ありがとう」

可愛いなぐさめに、心が落ち着いた。

目の前では、レイヴァルトがようやく銀の髪の青年から離れていた。

荒く肩で息をついているレイヴァルトは、手先どころか、肩のあたりまで竜のものに変化し、大きさが変わったせいで袖が破けて露出していた。

辛そうだが、レイヴァルトはまだくじけていなかった。

「今日こそは正体を暴く！」

彼の決意の言葉とともに、マリアは寒気がした。

レイヴァルトにもう一度掴《つか》みかかろうとしていた銀の髪の青年も、目を見開く。

ざわり、幻のように総毛立つ白いふわふわな体が、銀の髪の青年の身に重なって見えた。

今回はそれでは終わらない。

「……正体を見せてもらおう。そう、男の姿でなければ、抱き着かれてもそこまで嫌じゃなかったのに！」

たしかに姿が動物なら抱き着かれても楽しいけれど、この状況で叫ぶ内容としては、あまりに本心がダダ漏《も》れすぎて、苦笑いしそうになったマリアだったが。

――ぴょん。

さらなる変化は、銀の髪の青年の頭に現れた。

「え、耳？」

長いウサギのような耳だ。

それが出たとたん、銀の髪の青年は慌てた様子でレイヴァルトから逃げ出す。

「あっ！」

レイヴァルトも耳に驚いて反応が遅れた。

逃げて行く銀の髪の青年（ウサギの耳つき）を見送ってしまったのだが。

「ウサギ……ですか」

「ウサギだったね」

二人でぼんやりと話し合う。

「でも考えてみれば、ニンジン食べてましたものね」

　ウサギは草や葉物をよく食べる生き物ではあるが、ニンジンも好きだ。マリアは『なぜウサギを連想できなかったのだろう』と、今になってから思う。

「私は馬かと思っていたんだ」

　馬もよくニンジンを食べる。

「でも群生地でも出て来たあの幻獣の仲間は、みんな白いウサギだったね」

「そうでした」

　あの白いウサギを見た瞬間に、思いつけばよかったなと思ったところで、マリアはようやく肩から力が抜けた。

「驚きました。あんな風に、殿下をさらおうとするとは思わなかったので」

「うん、私も困惑してしまった。それにあの幻獣は、ここに来てから私の姿を変えさせようとしたんだ」

　レイヴァルトが自分の変わり果てた腕を見つめる。

「どうしてここで、なのでしょう……。以前もそうでしたね」

　レイヴァルトが白ウサギに一度さらわれた時。連れていかれたのも森の中だった。

　しかもあの銀の髪の青年が待ち構えていたのだ。

「イグナーツとラエルに、この周辺を捜索してもらおう。何かあるのかもしれない」

　手がかりがあるのなら、掴んでおきたい。

とにかく王宮内に戻らなければ。

森の端に近いところへ移動した上で、レイヴァルトの腕が元に戻るのを待つ。

それからレイヴァルトはマントで腕を隠しつつ、一度自室に戻った。

マリアの方はほとんど被害はないので、そのまま昼食をとる部屋へと向かい、レイヴァルトと再び合流する。

そして食事をした。

「それにしても、あの幻獣の青年の本性があれとは思いませんでした」

「ウサギだったとはね……」

なんとなくレイヴァルトと顔を見合わせて、うなずき合う。

「幻獣の姿になったら、かなり可愛いでしょうね」

「ウサギの幻獣は、王宮にも何度か出ているんだ。その個体と同じなのかな。抱っこしてみたいと思っていたんだけど、私が王宮で暮らす頃には避けられるようになっていて、願いが叶《かな》わなかったんだ。結局、抱っこするのではなく、担ぎ上げられたのだけど」

思わず笑ってしまいながら、マリアは表面がパリパリと焼け、内側がふわふわのパンを噛みしめる。たっぷりと使われたバターと少量の砂糖の甘みが口に広がり、幸せな気分になった。

レイヴァルトはお昼のメイン料理である鴨肉《かもにく》のソテーを口に運んでいる。

「美味しいな」

うなずきで返しつつ、マリアもデザートのババロアまで全部食べ終えてから、アルスファード公爵のために作ったクリームをレイヴァルトに見せた。

「あと、こちらを作ってみました」

「もうできたんだ。いい香りだね」

開けて見たレイヴァルトは、クリーム状だったことに目をまたたかせながらもそう感想を述べた。

「ありがとうございます。ラベンダーの香りです。青の薬師のレシピの中に、幻獣につけられた傷に塗る薬があって、それを少し変えてみました。幻獣が人に傷を負わせてその人だけを呪った場合のもののようで、傷薬を兼ねてクリーム状で作られたみたいなんです」

「傷……。父上には傷がなかったけれど」

「肝心なのは、幻獣から匂いを誤魔化すことなので、材料を少し変えて応用できるかなと思いまして」

「なるほど。それができたのなら……」

レイヴァルトは言葉の途中で少し考え込み、マリアに提案した。

「これをアルスファード公爵に届けた上で、彼にここへ来てもらうのはどうだろう？」

「アルスファード公爵に来てもらうんですか？」

「確かめたいことがあるんだ」

レイヴァルトは容器の蓋を締め、マリアを見る。

「病にかかった日、私の父上とアルスファード公爵がなにかをしたのは確実なんだ。以前はそんなことを思いもしなかったから、尋ねたりしなかったけど」

当時のレイヴァルトは子供だったから、そんなことは思いつきもしなかったのだろう。

「頼めば、あの日どこで何をしたのかも案内して説明してくれるんじゃないかと思って」

レイヴァルトは、実父とアルスファード公爵が幻獣と接触した場所が肝心だと思っているようだ。

「ちゃんと薬の効果があればいいのですが……」

「きっと大丈夫。マリアに襲いかからないし、君の作ったシロップを思わず追いかけてしまうんだから、あの幻獣も君の薬の効果を受けるはずだよ」

だからマリアは同意し、レイヴァルトはさっそくアルスファード公爵に薬を届けた。

夕方には、アルスファード公爵から返事が届いた。

そこには《明日、私の方から王宮へうかがいます》と書かれていたのだった。

五章　あの時、彼が守りたかった物

「こちらへ来ることを了承してくださったのですか？」

手紙のことを伝えに来てくれたレイヴァルトは、マリアの問いにうなずいた。

「薬を試してみたいと言ってきた。他にも書いてあることがあって……見てくれるかな？」

紺色の布張りのソファーに座るマリアの隣に腰を落ち着けたレイヴァルトが、真っ白な封筒を差し出す。

赤い封蝋《ふうろう》は、レイヴァルトが読んだために開けられていた。

中から便せんを取り出したマリアは、中身を読んで同じ箇所を二度見してしまった。

最初は、レイヴァルトが伝えてくれた通りの内容だったが、その後は予想外のものだったのだ。

《殿下の父ジェイドとの約束を、今こそ破る時なのだと感じました。できる限りのお話をするためにも、王宮へ参ります》

「病気になったあの日のことを、教えてくださるのは嬉《うれ》しいのですが、約束を破るとは……」

「父上が、口止めしていたんだね」

アルスファード公爵は、薬で幻獣に攻撃される恐れが緩和《かんわ》されるのなら、王宮へ来たいようだ。

そこまでするのは、おそらくはライザ女王にも話を聞いてもらいたいのだと思う。ライザ女王はそうそう王宮から出られないから。

「でも、どうして口止めしたんだろう」

レイヴァルトの実父とアルスファード公爵の行動の結果、初代王の部屋のガラスの木が反応しなくなったと推測している。

なら、王宮のガラスの森に何かをして、森を頼って暮らしている幻獣を怒らせたのかもしれないが、その程度のことを口止めするか？　とレイヴァルトは疑問に思ったらしい。

「明日まで、もう少し調べましょうか」

アルスファード公爵から話を聞いた時に、すぐに特定できるようにしておきたい。

それができなくとも、知識があれば推測する役に立つ。

「私も手伝おう」

そうレイヴァルトが言ってくれたので、マリアは彼と一緒に、書きつけや本を確認し始めた。

レイヴァルトには、『普通の幻獣』以外の記述がないかを確認してもらい、マリアは本に何かメモでも書かれていないかを探した。

「うーん、すぐ見つかるようなものでもないか……」

本にもチェックした跡が沢山《たくさん》ある。

ただしその項目を見ても、普通の幻獣の説明が書かれているだけ。

そんなことが延々と続いて、何も発見できないかもしれないとマリアが諦《あきら》めかけた時だった。

「マリア」

そこでレイヴァルトが声をかけてきた。

マリアはパッと彼を振り返る。

「何かありました？」

「ここに、おかしなことが書いてある」

レイヴァルトが指さした場所。

そこには、王家に関わる幻獣に関しての引用文があった。誰かの記録を写したらしく、内容は「初代王が幻獣の血を引く人間」という話だ。

「父上も、王家には幻獣の血が流れていると知っていたんだね」

「だとしたら勇気のある方ですね。幻獣が関わっていると知っていて、手を出そうとするなんて……とても自分にはできないです」

森の幻獣についてあれこれと行動できたのは、ハムスター達や他の幻獣が自分に懐《なつ》いていてくれて、危害を加えられないと知っていたからだ。

するとレイヴァルトが子供を見守る親のような顔をする。

「おかしなことを言ったでしょうか？」

「いや、確かに父上は勇敢すぎるけど、マリアも同じだと思うな」

「え？」

嘘《うそ》だ。いつ自分が勇敢な行動をとったのだろうか？

「一番最初に、青の森の中へハムスター達に連れて来られた時のことを、覚えているかい？」

「はい……」

集団のハムスター達に担がれて、ガラスの森の中心へさらわれた時のことだ。

「あの時、初めて見たオオカミ型の幻獣に、マリアは薬をあげたじゃないか」

「殿下に頼まれたからですよ？」

自主的にどうこうしたわけではない。

「頼んだのは確かだけど、自分で差し出さずに、私に任せてくれても良かったんだよ」

「あ……」

言われてみればそうだ。

レイヴァルトが強いことはわかっていたのだし、マリアがやるよりも危険が少ない。

「私は、君が青の薬師《くすし》になれる人だとわかっていたから、見守っていたけれどね。でなければ、君にあんな危ないことはさせないよ」

微笑《ほほえ》んで言ったレイヴァルトは、書きつけを机の上に置き、マリアの髪に手を伸ばす。

ゆるりと髪の一筋が、その指先に絡《から》んだ。

「だけど今回は、今までより気をつけないと。あの幻獣が真っ先に君のところへ来ないのは、異常すぎる。あの幻獣が君を襲わない保証がないと、私は思っているんだ。だから何があっても、君は安全な場所にいてもらって……」

「でも、殿下よりは安全だと思います」

マリアは即答した。

レイヴァルトは拉致《らち》されたあげく、無理やり幻獣の姿に変えられそうになる。でもマリアの場合、運が悪くても気絶させられるだけだと思う。

あの銀の髪の青年も白ウサギ達も、人間に害意があるわけではないのだ。邪魔をする人間を、とりあえず動けないようにするために昏倒《こんとう》させているだけ。おそらくマリアにも同じようにするだろう。

「それもそうか……」

レイヴァルトもそこは認めるしかない。

「それに、みんなも守ってくれますから」

マリアが言えば、近くでごろごろ転がったり、ソファーで折り重なるようにしてぐでーっと休んでいたハムスター達が、「キュキュ！」と鳴いた。

もちろんだよと言っているみたいで、頼もしい。

それでもレイヴァルトはまだ心配らしい。

「でも君が怪我《けが》をするかもしれない。思わぬ事故の可能性だってある」

「危険は理解しています。だから本当は大人しくしておくべきなのかもしれませんが……。青の薬師に懐かない幻獣について理由を知っておきたいという気持ちもあるんです。今後もこんなことがあった時に対応できるようになりますから」

マリアの説明に、レイヴァルトは苦笑する。

「そうだね……青の薬師に懐かない幻獣というのは特殊すぎるし、一体何の例外が起こってそうなったのか知りたいというのは理解できるよ。確認するためにも、薬師の君がいる方がいいことも」

彼はマリアを抱き寄せながら「わかったよ」とささやく。

「でも基本的に、私が襲われてもなるべく安全な場所にいて。できれば私の後ろにいて守られていてくれるかい？」

「はい、お願いします」

自分が弱いことを知っているから、レイヴァルトが庇《かば》ってくれるのは有難い。

返事をすると、レイヴァルトがそっとマリアの額《ひたい》に口づけた。

「きっと守るから、君も無理をしないでほしい、約束してくれるね？」

マリアはうなずく。

するとレイヴァルトは約束の念押しをするように口づけたのだった。


翌日の昼過ぎ。

マリアとレイヴァルトは王宮の正面でアルスファード公爵の馬車を待っていた。

万が一のため、レイヴァルトには忌避剤《きひ》となるクリームの方を使ってもらっている。

効果については、午前中のうちに実験を済ませていた。

用意したのはレイヴァルトとルイス王子。

レイヴァルトにだけ、クリームをつけてもらった上で、二人に庭の近くで立ち話をしてもらい、銀の髪の青年が現れたらレイヴァルトがすぐに隠れ、ルイス王子が逃げて銀の髪の青年を疲弊させるという作戦だった。

実験は上手くいった。

銀の髪の青年はレイヴァルトを気にしたものの、引き寄せられるようにルイス王子を追いかけたのだ。

（ありがとうルイス殿下……）

ルイス王子は、必死の形相で走っていた。

けれど少し離れた場所で捕まり、ぎゅーっとされてしまったのだった。

お礼として、今度ルイス王子のために沢山シロップを作ってあげることにしている。きっとライザ女王が嗅ぎつけてしまうだろうし、それを見越して、マリアは二人でもたっぷり楽しめる量を用意する予定だ。

とにかく、レシピを流用した忌避剤のクリームで、拉致するほど執着しているレイヴァルトへの反応が薄くなったのだ。アルスファード公爵のために作った薬も、きっと効果があるはず。

万が一のため、午後もルイス王子には庭に出てもらっている。

おかげでここへ来るまでの間も、銀の髪の青年は現れなかったのだ。

現れても、側《そば》には事情を知っているラエルとイグナーツも控えている。

マリアのポケットの中にはハムスター達もいるし、なんとかなるだろう。

レイヴァルトの隣には、ライザ女王もいた。

もちろんライザ女王にも忌避剤を腕に塗ってもらっている。

ライザ女王は、今日、前の夫の病の原因について知ることができるかもしれないと聞いて、同席することを望んだのだ。

ロンダール宰相は、そんなライザ女王のために今日の予定を全て請け負った。そのため不在だ。とてもお互いを思い合っている夫婦だとマリアは思う。

そんなことを考えているうちに、アルスファード公爵家の馬車がやって来た。

綺麗《きれい》にレイヴァルト達の真正面に来るように馬車が横づけされ、中からアルスファード公爵が出て来る。

地面に降り立ち、ライザ女王にまず挨拶をしても、銀の髪の青年が出て来る気配はなかった。

マリアは内心でほっと息をつきつつ、こちらへと向き直るアルスファード公爵に笑みを見せた。

「よく来てくださいました。色々不安があったでしょうに」

レイヴァルトの言葉にアルスファード公爵が苦笑いする。

「せっかく薬を作ってくださったのですし、王子殿下の大切にされている薬師殿の腕前をぜひ実感したいのと……。時が来たのではと思いまして」

「時が来た？」

聞き返したレイヴァルトに、アルスファード公爵が頬をかきながら説明する。

「あれから長い時間が経《た》ちました。あの時、ジェイド兄さんが願ったことは叶《かな》い、そして女王陛下も新しい夫君を得てジェイド兄さんを失った傷が少しはやわらいだと思います。しかもレイヴァルト殿下がご結婚されようとされている。もう兄さんとの約束をなかったことにしてもいいと感じました」

なにより、とアルスファード公爵がマリアに目を向ける。

「幻獣に対しての薬を作れる薬師殿が来たのです。あなたはジェイド兄さんの探していた青の薬師なのですよね？」

マリアは目を見開いた。

「レイヴァルト殿下のお父上は、青の薬師を探していらしたのですか？」

「そうだと聞いたことがあります。消息が全く掴《つか》めないのですぐに諦めてしまったらしいですが。幻獣にとって特別な存在である青の薬師がいれば、少しは延命できるだろうか、と」

「父上の死因は、やはり幻獣の……!?」

レイヴァルトが思わず声を上げてしまう。

それから他の人間に聞かせられる話ではないと気づいて、自分の口を手で覆った。

「すみません、興奮しすぎました」

「いいえ、こんな場所で衝撃的なことを話してしまった私がいけないのです」

恐縮するアルスファード公爵に、ライザ女王が言った。

「お話しできる場所へ行きましょう」

マリア達はうなずき、四人でまずは王宮内の広間の一つへ移った。

広間の中央にテーブルと椅子を置き、音を拡散させないように周囲に衝立《ついたて》を置いてある。さらに窓の外で王宮楽団に演奏をしてもらっているので、外にいる者には話が聞こえないだろう。

ここまでしたのは、王家の存続に幻獣が関わっていることや、王子が幻獣に呪われているかもしれない話を、秘密にするためだ。

マリア達が中へ入ると、お茶などを用意していた召使い達も外へ出る。

着席すると、アルスファード公爵が口火を切った。

「先ほどは、話を止めてしまって申し訳ありませんでした。レイヴァルト殿下」

「いいえ。私の方こそ軽率でした。あまり広く知られるわけにもいかないのに……」

だから止めてもらってよかったのだと、レイヴァルトは笑顔で答えた。

「私の方こそ、今まで話さなかったことをお詫《わ》びいたします、殿下。私もはっきりと覚えていない上に、ジェイド兄さんから言わないと約束してくれと言われまして」

「父が……。というか、はっきり覚えていらっしゃらないのですか？」

レイヴァルトの問いに、アルスファード公爵がうなずいた。

「全てを綺麗に覚えているわけではないのです。あの日、思いつめた様子で王宮の森の方へ向かうジェイド兄さんを見て、ついて行って……」

アルスファード公爵がこめかみを押さえる。

「そう、森の中でした。そこから少し記憶が途切れて、ガラスの森はこんな感じなのかという場所にいたことは覚えています」

「ガラスの森ですか？」

マリアは驚く。

「ガラスの低木のようなものですか？」

レイヴァルトは、群生地での出来事なのかを確認した。が、アルスファード公爵は首を横に振った。

するとライザ女王が質問する。

「そこは、部屋のような場所……だったのかしら？」

「部屋といえば部屋のような。でも木が林立している場所を通ったら、中央に広い空間があって……」

あの初代王の部屋でもないらしい。

（そんな場所があるの？）

思わずレイヴァルトの方を見ると、彼と目が合う。同じように不思議に思ったのだろう。

そして「心当たりはないよ」と言うように首を横に振った。

「ジェイドは何か言っていませんでした？」

ライザ女王が質問を変えた。その表情は必死そうで、なにか手がかりが欲しいと思ったことがうかがえる。

「どうしても……邪魔をしなければと」

「邪魔？」

アルスファード公爵はうなる。

「詳細《しょうさい》は思い出せません。次に覚えているのは、ジェイド兄さんが幻獣に剣を向けている場面で。幻獣はじっとしていました」

「やはり、父上が幻獣を害したのは間違いないですね」

レイヴァルトが長いため息をついた。

「はい。後で、ジェイド兄さんから『幻獣を刺した』と聞きました。ただ私の記憶はあいまいで、はっきりとは覚えていないんですが……。その後は、急に風邪のように熱が出てから、倒れそうになったジェイド兄さんを連れて庭園へ向かう瞬間まで、意識が途切れていたようです」

アルスファード公爵は付け加える。

「まるで、夢の中の出来事だったようにふわふわとした記憶なので、上手く思い出せなくて……」

「もしかすると、幻獣の能力で記憶を一部消されてしまったのかもしれないですね」

「そんなことが可能なの？」

レイヴァルトの推測に、ライザ女王は首をかしげる。

「どんな不可思議な能力を持っているかわからないのが、幻獣ですよ。私達が把握していないだけで、そういう能力を持っている幻獣がいてもおかしくありません」

幻獣になれるレイヴァルトが言うのだから、そういうものなのだろう。

ライザ女王も納得したようだ。

「でも不思議ですね。攻撃されたその幻獣は、アルスファード公爵の記憶だけ部分的に消して……レイヴァルト殿下のお父上やアルスファード公爵を呪っただけで、傷をつけたりしなかったのですから」

幻獣を怒らせたのに反撃されなかったことを、マリアは不思議に思う。反撃されなかったからこそ、アルスファード公爵もレイヴァルトの父も怪我はしていなかったのだ。

それに、幻獣の住処《すみか》らしき場所からゆうゆうと脱出できている。

「なぜかな……。幻獣には害意がなかった？」

つぶやいてから、ハッとしたようにレイヴァルトは後ろに立っていたラエルを振り返る。

「幻獣の呪いというのは、反射行動なのかい？」

「それに近いですね。自分の意思というよりは、幻獣を攻撃する者は他の幻獣や森にも害を与えるからと、印をつけるような感じでしょうか。無意識に」

無意識のことなら、幻獣は呪いすらかけるつもりはなかったのかもしれない。

「私が知っているのはここまでです。それでもジェイド兄さんは言ってはいけないと、私に釘《くぎ》を刺しました。理由はよくわかっていないのです」

ただ……と、アルスファード公爵は続けた。

「ジェイド兄さんは、レイヴァルトが幻獣に避けられるのは私がしたことのせいだ、申し訳ないことをしたと、言っていました」

レイヴァルトはうなずく。

「何度か父が言っていました。幻獣と遊べなくなって申し訳ない、と。あの当時は父のせいではないのに……と思っていましたが、今はわかっています。それを予想していても、行動せずにいられなかった理由があったのでしょう」

一度言葉を切り、レイヴァルトは苦笑いする。

「私にとっては、多少気になる程度のものです。貴族の中に私を不安視する人間がいるのはたしかですし、それで政治的に面倒なこともありました。でも幻獣に好かれないからといって、家族が私を嫌ったりはしませんでしたし、生活に影響はなかったのですから。王位だって、別に弟に継がせたってかまわないんですよ、私は」

レイヴァルトは前から言っていた。

弟が王位について、それを補佐する未来でもかまわないのだと。その時にも、この体質がやや面倒を引き起こしそうになるから幻獣に避けられるのを治せたらいいとは思っている、と。

レイヴァルトは幻獣に避けられなくても、自分が王位に就きたいとは思っていなかったのだ。

しかし――。

「いえ、王位だけは、殿下が継承されるべきです」

アルスファード公爵が言い切った。ライザ女王が困惑の表情になる。

「どうして？　元々レイヴァルトに頼むつもりではあったけど……」

「ジェイド兄さんが言っていました。そうでなければ、問題が起きるから。そうなりそうな時だけは、私のこの穴だらけの記憶について『話してもかまわない』と言っていたぐらいです」

ライザ女王の表情が真剣なものになる。

「継承問題を、あの人が……」

最初は信じられないと言いた気だったが、ライザ女王はすぐに首を横に振って、「あり得るわ」とつぶやく。

「父上が継承について、王族以上になにか知り得る可能性が？」

レイヴァルトの疑問に、ライザ女王はうなずいた。

「ジェイドは私の父、先々代の王と親しかった。父上は宰相を別に置いていたわ。でも本の虫だったあの人をよく呼んでは、政治的なことについても意見を求めていたわ」

それはまるで、国王の参謀のような立場だろうか。

「父上も、万が一何かがあればジェイドに意見を聞くようにと、私や兄にも言っていたぐらいで。だから……父が何の準備もできないまま亡くなった場合にと、ジェイドが何かを伝えられていた可能性はあるの」

「では亡き父ジェイドが、伯父《おじ》上が先に継承するよう仕向けるため、幻獣にわざと攻撃を加えて……呪われたと？」

レイヴァルトはそう断定していいのか迷っているような口調だった。でもマリアは、その推測通りではないかと感じた。

なにせレイヴァルトの父がその行動を起こしたのは、ライザ女王が継承についての判定を、初代王の部屋で行おうとしたその時だったのだから。

「やっぱり、殿下のお父上が幻獣を攻撃したから、女王陛下が初代王の部屋にいた時にガラスの木が反応しなかったのかしら？　でもレイヴァルト殿下を王にしたいのなら、女王陛下の兄上に、先に王位を継がせようとするのはおかしいし……」

考え込むマリアの言葉に、アルスファード公爵は何かが記憶にひっかかったようだ。

「継がせる。木が反応しない……ああ、もう一つ、思い出しました！」

立ち上がらんばかりの勢いで、アルスファード公爵がそう言った。

「女王陛下が死ぬかもしれなかったのだ、と」

聞かされたライザ女王は、目を見開いて言葉を失った。

夫の病気の原因は、自分の命を救うためだと言われたのだ。

「え、私を救うため？」

長い沈黙が続く。

マリアもなんと声をかけたらいいのかわからない。ライザ女王は前の夫を愛していたのだ。

なのに自分が彼の死の原因になったと知って、ショックを受けないわけがない。

泣き出さないだけでも十分に気丈だと思う。

代わりのように、レイヴァルトが口を開く。

「母上が死ぬ理由については、覚えておいでですか？」

「はい。問題はそのお血筋にございます。女王陛下は兄君とは母が違うのです」

「そんな」

レイヴァルトもそれは知らなかったようだ。思わず否定しかけて、口をつぐみ、自分の母の方へ視線を向ける。

ライザ女王の方は、むしろその話が出たことで我に返ったようだ。

「なぜ、それを……」

「ジェイド兄さんが、結婚の折に先々代王から聞かされたそうです。そして……そうだ。先々代の王が体調を崩されて、ジェイド兄さんに初代王の部屋についての伝言を託した時、問題があるからだとおっしゃったと……。いずれ女王陛下にも詳《くわ》しく伝えるため、知識を得ようとしたジェイド兄さんは、王宮で古い記録を見つけました。その中には、代替わりの際に命を落とした王族の話が書かれていたとか」

「まさか、命を落とした王族のようになると？」

「ジェイド兄さんはそう確信したそうです。その記録にはこう書かれていました」

――獣は三人のうち一人が、王の子供ではないことに気づいた。

すり替わり、王に選ばれる場で他二人を殺し、簒奪《さんだつ》しようとしていたのだ。

獣はその偽者を殺し、以後王の力が足りない者がこの場で選定を受けようとした時には、排除すると伝えた。


「簒奪……」

難しい表情になるレイヴァルト。

「王国の中期頃でしょうか。幻獣の力を王家が失ってしばらくすると、その権力を奪おうとする者が増え、権力闘争が激しい時期があったそうです。おそらくはその頃の出来事なのでしょう。以後、記述の通りに殺されることはなくても、庶子が選定の場に並ぶと幻獣に弾《はじ》かれ、怪我をしていたようです。でも幻獣に認められなかったのは間違いなかったため、怪我のため王太子の地位から退いて、臣籍に下った記述が二つほど見つかりました」

「では、母上も怪我だけになるのでは？」

レイヴァルトの疑問に、アルスファード公爵が悲しそうな表情になる。

「差が問題なのです」

「差？　私の血統の濃さの問題なのですか？」

ようやく頭が王として現状を把握する方向に向いたのだろう。ライザ女王が、真剣な表情で問う。

アルスファード公爵が肯定した。

「選定の場に立つ王子王女の血の濃さに差がありすぎても、殺される可能性が高いようです。庶子から王太子に立とうとした王女が、王の即位直前に病床についた記録があります。亡くなったりはしなかったようですが、当時の記録によると、一生ベッドから起き上がれないままだったとか」

「なんてこと……」

王家の血筋を守るために人を攻撃する幻獣。

普通なら、幻獣は人の世に関わらない。

キーレンツ領の町中に出て来たりするのは、自分達に深く関わるレイヴァルトやマリアがいるからだ。

だからこそ王宮に住んでいるのは『普通の幻獣』ではないのだ、とマリアは改めて思う。

本当に異質だとしか言いようがない。

「陛下の兄上は、公爵家出身の母君をお持ちでした。王家の流れをくむ家と王家の婚姻ですから血が濃いはず。けれど女王陛下の本当の母上は召使いでいらした。王の子を育てる自信がないことと、先々代の王妃様が死産の直後だったことから『ぜひ自分の子として育てたい』とおっしゃったため、御息女という形になりました。そのため、血の濃さに差ができたのです」

母が王宮の召使いだった。

それを聞いて、ライザ女王はぐっと唇を噛《か》みしめた。

「そう……そういうこと」

ため息をついて、つぶやく。

「私の顔立ちは父上に似たから、幸いなことに私も他の者達も気づかなかったのね。その、私の実母については行方などはご存じなのですか？」

「女王陛下の乳母《うば》をしていらっしゃいました。実の母が育児に関わった方がいいだろうと。先々代の王妃様自らが指示なさったそうです」

「私の、七つの誕生日より前に、病気で亡くなってしまった……あの人が」

ライザ女王の実の母は、すでにこの世にはいなくなっていた。

そのことに、色々と思うこともあるだろう。けれどライザ女王は、数秒だけ目を閉じた後、まっすぐにアルスファード公爵を見る。

「それで、ジェイドは私が殺されるかもしれないと思ったのね」

アルスファード公爵は苦い表情でうなずいた。

「それ以上は……やっぱり思い出せません」

申し訳ないと言うアルスファード公爵に、レイヴァルトは「十分です」と言う。

「今日は来てくださって良かったです。おかげで、いくらか答えに繋《つな》がるヒントを見つけました」

「そう言っていただけて良かったです」

アルスファード公爵はほっとしたように微笑んだのだった。

その後、アルスファード公爵は館に戻って行った。

「継承か……」

見送りのため、王宮の入り口へ来ていたレイヴァルトは、遠ざかるアルスファード公爵の馬車を見つめてつぶやく。

ライザ女王は、仕事のためここにはいない。

今は少し離れた場所に召使いや衛兵が数人いる他には、ラエルとイグナーツが側に控えていた。

レイヴァルトは離れた場所にいた召使い達に、先に戻《もど》るよう指示し、マリアを誘った。

「少し、庭を歩かないかい？　君の忌避剤があれば大丈夫だと思うから」

うなずいて、マリアはレイヴァルトと並んでエントランスの近くに広がる庭を歩き始めた。

南側の庭園は、青やピンク色の花が咲き乱れている。

風が吹くと、小さな花弁が舞った。

夕方が近い時間だったが、まだ離れた場所に庭園を堪能《たんのう》している貴族達の姿が見える。

なのでレイヴァルトは、なるべく西の庭園に近い、人の少ない場所を歩いた。

「マリアは、どう思う？」

途中でレイヴァルトはマリアに問いかけた。

「予想というか、私の空想が沢山入ってしまった物しかお話しできませんが、いいですか？」

「もちろん。色んな意見を聞きたいんだ」

では、とマリアは自分の想像を話す。

「端的に言って、殿下のお父上は継承について先々代の王から伝達役を頼まれていたのだと思います。けれど女王陛下は血筋が弱いからという理由がありましたが、女王陛下の兄君にも隠したのが不自然です」

「そこは私も気になった」

レイヴァルトが同意してくれる。

「おそらく女王陛下もその兄上も、普通に継承を行うには不都合を抱えていたのかもしれません。もしかすると……継承のため、王宮のガラスの森での判定で選別を行う時に、どちらも命が危うかったのかも、と思っております。たぶん、女王陛下の父君が即位なさる時に、すでに異常が見えていたのではないでしょうか」

レイヴァルトは苦い表情になる。

「私と同じ意見みたいだね。たぶん、今は王宮のガラスの森に触れても問題ないのは、母上しか王位につける人間がいなかったから」

「ええ。たぶん……女王陛下が一番危険なのは間違いありませんが、そもそもセーデルンフェルトの王族の幻獣の血が、薄れすぎていたのかもしれません」

あのガラスの森では、血統の濃さを判定できると言っていた。

継承する人間を決める時に、ガラスの森と通じ合っている幻獣が、その血の濃さから王族を認めることができれば、王族が危機に陥《おちい》った時に、王国を守護するという約束をしているのかもしれない。

そんな構造があって、王位に就く時にガラスの森に王族は触れるのだと思う。

だけどその瞬間を、レイヴァルトの父は阻止した。

幻獣も抵抗しなかったので、多分双方がわかっていたのだ。

――王と認めるには血が薄すぎて、不具合が起きるのだ、と。

(少し、気になってはいたのよ。血の濃さで強く濃い色で輝くと言うのに、女王陛下はごく淡い色だった)

違和感があった。

でもそんなものだと思っていたのだけど、レイヴァルトの父の行動やアルスファード公爵の記憶について聞いて、確信できた。

「ということは……伯父上も母上も、幻獣に認められないまま即位したんだね。そして今後母上が誰かと結婚して弟や妹が私にできても、血が薄いのは変わらない。だから私が継承するしかないと父上は考え……でも、すぐに母上に話せるものではなかったんだね」

出生の話が関わっていたからだ。

「そしてアルスファード公爵に伝言した、と」

「伝言のことをきっかけに、色々と思い出してくれて助かったよ」

レイヴァルトが苦笑いした。

「幻獣の、記憶を消そうとする力が必要なくなったからかもしれないね。私が王位を継承する時まで待てばいいのに、急に幻獣が現れて王族にくっついたり、私をさらっていこうとすることに、関わっている気がする。ただ……理由がわからない」

「なぜ急に、王宮に出没する幻獣が殿下に執着を始めたんでしょうね？」

マリアはぽつりとこぼした。

しかも、あの幻獣は急いでいる……。王の選定に関わるガラスの森と、関わりがあるのだと思うが。

話していると、レイヴァルトがふと立ち止まった。

「そろそろ戻ろうか。陽《ひ》もだいぶん傾いてきた」

見上げれば、空が少しずつ輝度を落として、オレンジ色に染まりつつある。

マリアも同意し、王宮の中へ戻ろうとつま先の向きを変えた時だった。

「わぶっ⁉」

レイヴァルトの姿が、マリアの横から消えた。

振り返った時には、レイヴァルトを抱き上げ銀の髪をなびかせた青年が、猛然と走り去ろうとしていた。

「殿下あああ⁉」

イグナーツが絶叫しながら追い、ラエルが無言で走る。

「あの、追いかけさせて！」

慌《あわ》てて近くにいたハムスターに頼めば、すぐにマリアを背負って走り出してくれた。

マリアはすぐにラエルに追いつく。

そこまで行くと、なんとかレイヴァルトの表情も見えた。

銀の髪の青年にお姫様だっこされたレイヴァルトが、追って来るマリアに叫ぶ。

「もういっそ、このまま様子を見よう！　とにかく彼らの要求がわからないと……っ！」

レイヴァルトが苦し気に身をよじった。

肩のあたりが、不自然に盛り上がる。袖が裂けて現れたのは白い竜の腕。

「それに見られるよりマシだ！」

レイヴァルトの決断に、マリアはうなずいた。

たしかに大勢の人の前で変化するよりも、森の中へ隠れてしまった方がいい。

そして銀の髪の青年や白ウサギの目的がわかれば、対処のしようもあるかもしれない。

ハムスターに乗って追うマリアやラエル、イグナーツ達は、レイヴァルトを見失わないようにした。

銀の髪の青年は王宮の西の庭園を走った。

西の庭園は人の姿が全くなかった。

普段、王宮には大臣や宮廷貴族にその部下や使用人など、多くの人が行き交う。特に厳しく制限していないので、その家族が用を済ませた後で、庭園を観覧していくこともあり、庭園は意外と人目が多い。

けれど西側は建物の陰になるので、花の育ちが良くない。自然と人々は花が多い南の庭園へ足が向かうらしい。

銀の髪の青年は、どんどんと北へと進む。

「北の森の中へ入った」

続けてマリア達も森へ突入した。

道のない木立の間を駆け抜ける。

銀の髪の青年がどんどん走り続け、何もなさそうに見えた木立の間にさしかかった時だった。

「あっ！」

ゆらっと周囲の風景がゆらいだ。

霧が湧き上がるように白くなって、消えたと思ったら、そこには小さな岩山が現れた。上や脇には蔦《つた》が這《は》い、岩の中央にはぽっかりと穴が開いていた。

そこに銀の髪の青年がレイヴァルトを抱えたまま突入してしまう。

追いかけようとしたハムスターは、入り口前で急停止する。

「わっ！」

マリアは背中から放りだされそうになり、しがみついてやりすごした。

横ではラエルも同じように停止している。

「ラエルさん、どうしたんですか？」

ハムスターのことはラエルに聞けばいい。

ラエルは緊張した面持ちで、入り口を睨《にら》みつけていた。

「……だめです。ここから先は、他の幻獣の縄張りで。他の幻獣が入ることを拒否しています。こんなことは珍しい」

話してくれているラエルのこめかみに、汗がにじむ。

よほど緊張を感じているようだ。無理に連れて行けば、ラエルやハムスター達の体に異変が起きるかもしれない。

「私が参りましょうぞ！」

即座に、追いついたイグナーツが吠《ほ》えた。

時間がない。レイヴァルトがどうなったのか不安だったマリアは、イグナーツだけに付き添ってもらい、穴の中へと入った。

中へ入ると、入り口よりも高さがあって広い道になっていた。

真っ暗ではなく、ほの明るいのは幻獣の力が及んでいるからだろうか。

しばらくは岩をくりぬいたような洞窟の下り道が続いたが、やがて壁や天井がガラスで覆われた場所になる。

足元は土のままなので、滑ったりはしないけれど、マリアは慎重に進む。

一本道なので迷うことはなかったが、何度か大きく道は曲がっていた。

（この感じだと……王宮の地下に続いている？）

やがて乳白色のガラスの壁が目の前に現れた。透けていないので、向こう側はわからない。

その前に、レイヴァルトを抱えたままの銀の髪の青年がいた。

(継ぎ目がないけれど……どうやって通り抜けるつもりなのかしら)

見守っていると、銀の髪の青年は拳を握りしめる。

「フン!」

拳を突き出し、割って壊した。

高らかな音を立てて砕ける壁。

青年は丁寧に足元のギザギザした入り口の端の方も、蹴って壊し、通りやすくした上で先に中へ入る。

「ええと……幻獣って意外と荒々しい?」

マリアはふと、自分が青の森へ強制連行された時のことを思い出していた。

あれよあれよというちに、ハムスター達に担がれて国境を越えてしまったのだ。

(幻獣ってそんなものなのかもしれない)

人とは違う生き物なのだから、と一人納得する。

そしてマリアは、入り口の向こうへ入った。

「わ……」

思わず声が出てしまう。

ガラスの木が林立していた。

初代王の部屋よりもずっと、森の中に迷い込んだような気持ちになる。それぐらいに木の数も広さも桁《けた》が違った。

上はガラスの岩が重なっているように見える。

どこからか光が入るのか、ぼんやりと明るい。

木立の向こうへレイヴァルトを追って進むと、マリアはふと異変に気づいた。

「木が黒い？」

奥へ行くほどだんだんと黒くなっていく。

そうして黒灰色《こくかいしょく》の木が多くなった頃、広い場所へ出た。

林立する木がなく、ぽっかりと開いた空間は、初代王の部屋よりもかなり広い。

その中心には、複数の木が束になってそびえたつ。

普通のガラスの木ではない。根元にはほとんどガラスと化した幻獣がいた。レイヴァルトとマリアを足したぐらいの体高がある。

その幻獣は、灰色のガラスで作られたように滑《なめ》らかな表面の大きなウサギだ。

木の根元と表現したものの、よく見ればその背中から木が生え、根も成長し、幹と根で横になるウサギを取り囲んで守っているような感じになっていた。

このウサギの影響で、木の色が灰色になっているんだろうか。

「赤や青いガラスの木と、原理は同じなのかしら？」

火の性質などを持っているガラスの木は、赤いことが多い。そこに生《な》る瓶《びん》も赤い色をしているものだ。

おそらく、このウサギの幻獣から伸びる木が、地上部にある初代王の部屋まで続いているに違いない。

レイヴァルトは銀の髪の青年に、その幻獣の前で降ろされる。

自分の足で立ったレイヴァルトは、左腕だけではなく、足の先も竜の姿になりかけていた。

鋭い爪を持つ竜の足がむき出しになっていて、ガラス質の床の上で、その爪がカチリと音を立てる。

「私をここに呼びたくて、さらおうとしたのか？」

レイヴァルトは冷静な口調で、銀の髪の青年に尋ねた。

彼は何か話そうと口を開けるが、上手く言葉にならない。

代わりに、びりびりとした振動が中央の木に飲まれたような幻獣から発された。

「ぬぅ」

一緒にいたイグナーツは顔をしかめてじっと幻獣を睨みつけた。

「うわっ」

マリアは思わず身を縮ませる。

でも同時に、おかしな声が聞こえた気がする。

——我が、分身が、失礼した。

「ん？　分身？」

何のことだろう。そして、誰の声かと思って見回したマリアは、中央の大きなウサギの幻獣に目を留めた。

まさかこれが……と思ったら、ぎろっと目が開いた。

赤い宝石のような瞳が美しい。

「ウサギの、幻獣……？」

マリアがつぶやくと、再び振動に襲われる。

——早く。竜殿は、変化しないと、声が、届かぬ。

その声と同時に、痛みがありながらも落ち着いた状態になっていたレイヴァルトが、その場にうずくまる。

「殿下!?」

イグナーツが駆け寄ろうとしたが、銀の髪の青年や中央の幻獣を警戒して動けない。

そのうちにレイヴァルトの変化が再び始まった。

今度はゆっくりとした変化ではない。ふっとその姿がかすんで、白い煙のように拡散したかと思うと、一気に広がって行く。

マリアの腕よりもずっと横に広く、天井に届くかと思うほど高く。

煙が収束したかと思うと、二階建ての家ほどの大きさがある白い竜の姿が出現していた。

「殿下！」

「大丈夫ですか⁉」

イグナーツとマリアが叫ぶと、先ほどよりも落ち着いた動きでレイヴァルトが振り返る。

「今はもう、痛みもないよ。抵抗していたせいで、あんなに辛かったんだろうけど……」

レイヴァルトは中央にいるウサギの幻獣に目を向ける。

「君だね？　私をここまで連れて来て、姿を変化させたのは」


——いかにも。


今度は、恐ろし気な振動もなく、言葉だけが頭の中で思い浮かぶようになった。

毎回あんな衝撃を受けてはたまらないので、マリアはほっとする。

——王になるべき竜の子孫よ。幻獣の姿でなければ、わしの声は聞こえないゆえ、どうしてもその姿になってもらうしかなかった。

流暢《りゅうちょう》に説明するところによると、話をするためにレイヴァルトを幻獣の姿にしたのだという。

「あの、私にわかるのは、なぜですか？」

思わず尋ねると、ウサギの幻獣が目をまたたいた。

――契約の薬師か。わしは薬師とは契約していない幻獣。しかし、そなたと契約したのが、竜の幻獣だったから、眷属《けんぞく》として声が届くのかもしれない。

竜と、竜と契約した薬師にしか言葉が届かないのか。

「というか私、竜の眷属みたいな扱いだったのね」

初めて知った。

「私も初めて知ったよ」

レイヴァルトもうなずく。

――わしも、薬師と直接話せるとは思わなかった。存在は感じていたが。

ウサギの幻獣としてもびっくりだったらしい。

「ここに、私達を呼んだのはなぜ？」

ほっとしながらマリアが尋ねると、ウサギの幻獣が願いを口にした。

――竜殿には新しい森と契約をしてほしい。そのために薬を……契約の薬師には薬を頼みたい。

「新しい森を!?」

驚くレイヴァルトに、ウサギの幻獣は「そうだ」と肯定した。

初代の王との約束はそこで終わり、国を守る力も消えるだろう。

――もう王宮のガラスの森は絶えてしまう。

「初代の王との約束とは……？」

疑問に思うのも当然だ。初代の王がここにガラスの森を作ったのは、幻獣の血が入っているせいだと思っていたのだが、なにやら約束までしていたというのだ。

一体何のためなのか。


――大地に茂る草、ニンジン、リンゴ、葉物野菜、カブなどが豊富に育つ。


回答を聞いて、マリアはぽかーんとしてしまった。

レイヴァルトも動揺したらしい。

「まさかそれは、君達の好物について豊作が約束されている、ということかい？」

ウサギの好物。

もしくはウサギが食べられる主食の牧草や野菜。それが豊作になるということだ。

ウサギの幻獣は重々しく応じた。

――そうだぞ竜殿。我が種族は大地に根を張り巡らせるように力を広げ、その土地に必要な作物が育つようにする能力を持つ。

しかし、独自にガラスの森を持たなければ難しいため、竜殿の一族の初代に、森を作ってもらったのだ。

マリアは、幻獣の背から木が伸びている理由がよくわかった。

何か異常があってそうなったのではない。この幻獣は元からそういう存在なのだ。

「それにしても、ニンジン、リンゴ、カブ……」

どれも大事な作物なのはわかる。ニンジンは長く保存が利《き》くし栄養が豊富で、リンゴも砂糖漬けなどにして保存し、冬の間の貴重な食料になるのだ。カブも葉物野菜も、体を維持するのに必要な栄養があると言われている。

「幻獣から要求されたのですかな？」

付き添っていたものの、ウサギの幻獣の声が聞こえないイグナーツが、不思議そうに首をかしげていた。

「いいえ。あのウサギの幻獣がですね、セーデルフェルト王国でウサギが好きな野菜類やリンゴ、牧草なんかが豊作なのは、ウサギの幻獣と初代の王様が契約したからだと言っているんです」
「ほほぅ。たしかに、この国ではそれらの作物に関しては豊富で、多少の日照りや多雨でも牧草が足りなくなることはござらん……。それが馬を扱う騎士達の自慢でもあり申した」

イグナーツが本当だと教えてくれる。

「そうだったね。我が国は日照りでも必ずそれらは不作ということはないから、飢えが少ない。君のおかげだったのか……」

レイヴァルトの紫の瞳が、優しくウサギの幻獣を見つめる。

「たしかに、君との契約は保っておきたい。契約をすると、その効果が続くのかな？」


――契約者から時に魔力を融通してもらい、この王宮の森を保っているのだ。新たに契約を結び直さなければ、この森は枯死《こし》する。

だから竜殿には新しい森と契約をしてほしい。そのために薬を……契約の薬師には薬を頼みたい。以前に森をつくるため契約をした時にも、わしは薬師と契約はしなかったが、薬をもらった。それがあると森の成長が早い。


薬師は必須ではないけれど、いると有難い存在だったようだ。

そしていつの間にかウサギの幻獣の横に移動していた銀の髪の青年が、マリアに執着するわけでもない理由がわかった。

たぶん彼はこのウサギの幻獣の眷属で、薬師との契約に縛られていないからなのだ。

マリアはウサギの幻獣に応えた。

「わかりました。薬を作りましょう。どんな薬を必要としているんですか？」

――契約の力を強めるため、ガラスの森を成長させる薬だ。

答えたウサギの幻獣は、やや疲れたように付け足す。

――本来なら、もう少し猶予《ゆうよ》の時があるはずだった。しかし、王家の人間を自らの呪いに巻き込んでしまったがゆえに、予想以上に早くここの森の枯死が進んできている。新たな森が必要になった。

「レイヴァルト殿下のお父様を呪ってしまったから……」

レイヴァルトの父が呪われ、子孫であるレイヴァルトにまでその呪いが及んでしまった。

けれどレイヴァルトは王族。ウサギの幻獣の契約にまで影響してしまったのだ。

「聞いてもいいかな？　なぜ、私の父はあなたを攻撃したのかを」

レイヴァルトの父の行動の謎。それを解く鍵が手に入ればと思っての質問だと思う。

——覚えておるぞ竜殿。竜殿の父のことだな。あれは全てを知った上で、そなたの母を守り、竜殿が王位を継げるまでの時間稼ぎをしようとしてのことだった。

レイヴァルトが息をのむ。

「攻撃した理由を、知っているのですか？」

——いかにも。わしは竜殿の父と話して、双方でそうすることを決めたのだ。私にとっても利点がある。しかし人の身で呪いを受ければ、元々虚弱そうだった体を、さらに痛めつけることになる。それでいいのかと聞いたのだが……。

「父は、なんと？」

——どちらにしても、そう命は長くないからと。当時亡くなったばかりの王と同じ病をわずらったと言っていたか。その命が少し縮まるぐらいで、家族を守れるのなら問題ないと言っておった。

「父上が……」

しばらくレイヴァルトは黙り込む。

きっと、父親がそれ以前から、先が長くないことも知らなかったのだと思う。きっとライザ女王も知らなかったのでは？

ふと、マリアはあの薬を作り、研究する小屋のことを思い出す。

あそこは幻獣のことを調べるために作ったのかもしれない。けれど、本当に自分の延命をするために、薬について調べては試す場所でもあったのだ、と。

でも家族は悲しいだろう。

「殿下……」

大丈夫ですかと言っていいのか。ためらっていると、レイヴァルトは微笑んだように目を細めた。

「父上らしい考え方だ。意外と黙って自分の思ったことを実行する人だった。相談せずに薬の研究を始めて母上と私を驚かせたり、勝手に自分ばかり泥を被《かぶ》るようなことをして……」

竜の姿になった彼の目の端に、涙がにじむのを見て、マリアは胸が痛む。

本人が思い切っていても、周りの人間はそこまで心が追い付かないものだ。

「それでも、父上の隠し事がすっかりわかって良かった。ありがとう」

レイヴァルトが礼を言うと、ウサギの幻獣が少し笑うような気配があった。

――こちらこそ礼を言う。契約の薬師とこの時に出会えるとは思わなかった。契約の薬師が作るものは、この地と我々の存在を結びつけ、我らの力を強くする。それによって、我は月から力を得て、森を早く成長させる力を得るのだ。

ウサギの幻獣が言うには、求めている薬はこの幻獣の力を増すためのものらしい。

――こうして依頼をすることができたのだ。もうこの者は眠らせてよさそうだ。

あの銀の髪の青年が、その言葉で一瞬で一抱えありそうなウサギの幻獣に姿を変えた。

ぴょんとガラスの幻獣の方に跳んだかと思ったら。

「え、吸収された!?」

ウサギの幻獣の上に飛び乗ったとたんに、すっと姿が消えた。吸い込まれるように。

――あれはわしの分身。呪いのこともあり、説明ができるほど言葉を操れず、考えた木に幻獣に関わる異常があれば、竜殿を呼ぶと考え、地上を歩き回っていた。同時に薬師も呼ぶことができたのは幸甚《こうじん》であった。

謎が解けたことで、幻獣の行動も納得できた。

「アルスファード公爵を攻撃してしまったのは、呪いのせいだったのですね」

呪いを与えた本人の分身だったからこそ、本能のままアルスファード公爵を追いかけまわしてしまったのだろう。

後は、全てを解決するために、マリアが薬を作り、そしてレイヴァルトがこの幻獣と契約を結ぶだけ。

「薬の作り方や素材について、知っていることを教えていただけますか？」

レシピを探すにしろ、組み立てるにしろ、何か手がかりが欲しい。むしろ必要な素材を知っていると嬉しいと思い、マリアは尋ねる。

幸運なことにウサギの幻獣は材料をくれた。

――我の力を増すには、幻獣としての力を増やす必要がある。そうして月へ、我の力を届かせるため……足元にある物を使うといいと思う。

カタンと音がした。

見れば、ウサギの幻獣の前足部分が動いて、そこにあった金色の小さな花を動かしたようだ。

イグナーツがその花を持って戻ってくる。

近くで見ると、それは枝に連なって咲く八重咲の金の花だった。

――あとは、新たな王となる竜の血。

あえて『新たな』とつけるなら、最近現れた竜であり王家の人間である人物のことだろう。

「レイヴァルト殿下の血ですか？」


——そうだ。


ウサギの幻獣が答えた直後、レイヴァルトが言った。

「聞きたいんだが。どうしても私でなくてはだめかい？」

レイヴァルトはまだためらいがあるのだと思う。幻獣に避けられるからこそ、王位を弟に譲るべきではないかと、長く悩んできたから。

それにレイヴァルトの血を薬に使ったとたんに、次の王が自分で確定してしまう。だから聞いたのだろう。

「私の弟の血ではどうかな？　今の王の子供で、薄いながら君と契約した初代の血を引いているのだけど」


——契約には、幻獣に近い強い力が必要となる。竜殿の兄弟では無理だ。

即お断りされてしまった。

でもレイヴァルトは案外とそれで踏ん切りがついたようだ。

「わかった。私の血を提供するよ」

——他は、幻獣の力が込められた物。それらを月の代理と混ぜ合わせて、出来上がれば小さな月ができるはずだ。

「なるほど」

マリアの中で、薬の様子が思い描けるようになる。

幻獣の力が込められた物も、いくつか心当たりがあった。

何個か作ってみて、最も月に似た輝きや色になった物が完成品なのだろう。

「試してみます」

マリアは決意を込めて言った。

自分が暮らしていく国のためにも、新しい契約は必要だと思うから。

レイヴァルトが竜から人の姿に戻るのを待ち、一緒に王宮へ戻り、マリアは自室で薬の製作をすることにした。

まずは青の薬師のレシピを見る。

「似たような薬はないかしら」

パラパラと見ていくが、見当たらない。

おそらく王家の幻獣と関わる薬師がいなかったのだと思う。

「キーレンツ領の青の森にいたら、王宮にいるウサギの幻獣と関われるわけがないものね」

あの幻獣と関わったのは、最初に幻獣と契約した初代の契約の薬師だけなのだ。

それでも、近いレシピはないだろうか。

「殿下、ラエルさん、月という単語でなにか思い浮かぶことはありませんか？」

手伝いをしたいと言って、二人はマリアの部屋にいた。

レイヴァルトには幻獣についての本を見てもらい、ラエルには必要になるからと、月長石《げっちょうせき》をライザ女王に頼んで分けてもらって来た上で、それを砕く作業をしてもらっていた。

イグナーツは得意の水汲《く》みに行ってくれた。

「月か……。見上げると、いつでも何かをささやかれているような、変な気分にはなるんだけど」

思い出すように答えるレイヴァルトに、ラエルがうなずいた。

そういえば、月は幻獣達の故郷なのだと聞いた。

だとしたら月にはまだ幻獣の仲間が残っていて……もしかすると全員ガラスの木になっているかもしれないが、今でも仲間に何か言葉を伝えようとしているのかもしれない。

考えつつページをめくっていたマリアは、ふと『月の雫《しずく》』というレシピを見つけた。

幻獣のための物だ。

月長石を使うそのレシピは、心に狂いが生じた幻獣を、月の力で安らがせるらしい。

「使えるかも」

つぶやいたその時だった。イグナーツが水瓶《みずがめ》を運んで来た。

「どうですか薬師殿！　これだけあれば十分では!?」

「あの、一つでいいんです」

言いにくいながらも、部屋の中に水瓶を三つも置いておく必要はない。第一部屋の中が狭くなってしまう。

「二つは風呂の方に運んであげてはどうかな？」

レイヴァルトがそう提案したので、イグナーツは手伝いの兵士と一緒に、喜んで二つの水瓶を、続き部屋にある浴室へ運んだ。

「よし、作ってみます！」

マリアは『月の雫』のレシピを改良して、製作することにした。

中に入れる材料の分量も、『月の雫』に近いものにする。

枝に連なって咲く八重咲の金の花は、三輪。

幻獣の力が存在するものを入れるとウサギの幻獣に言われたが、それはレイヴァルト用に持ってきていた金のリンゴのシロップを使う。青のガラスの森の竜の力が込められているフィオリア草の花とリンゴなら、材料として望ましいはずだ。

そこに月澪草《げつれいそう》。

蕾《つぼみ》のまま月の光を十夜受けて、咲くと言われている花。これは王宮の森に咲いていると聞き、ラエルに頼んで摘んできてもらった。

レシピにも蕾のままでもよいと書いてあるので、咲いていなくてもいいだろう。

最後にレイヴァルトの血を少々。

「コップ一杯ぐらい?」

「いえ、ちょっとでいいです!」

せっかくだからと多めにくれようとしたけれど、マリアは遠慮した。そんなに入れる必要はないはずだし、レシピだって一滴でいいと書いてある。

材料を杯《カリス》の中に入れ、ガラスの攪拌棒《かくはん》でかき混ぜる。

シロップに混ざっていく花が、くるくると回りながら溶けていく。

そして『月の代理』という意味で月長石の粉を入れると、杯《カリス》に金の線が浮かび上がった。

「あ」

その模様は、初めて見た物だ。

いつも直線的な線が多いのに、今日は蔦模様のように複雑で……でも美しい。

見つめているうちに、光は中のシロップの中に吸収され、シロップから少しずつ光が消えて行く。

残ったシロップは、ほとんど水分が抜けて粘土のようになっていた。

マリアは丸めて、大きな飴玉《あめだま》のようにして、綺麗に固まるように粉砂糖を含ませて成形した。

最後にマリアは薬を握りしめ、おまじないをかけた。

「手の平で夜は作り出され、月を呼び覚まし、全ての歪《ゆが》みを正す……」

母から伝わるおまじない。

幻獣のための薬は、これがないと効果が出ないのだ。

いつもはこうすると、周囲にガラスの木があったら光るのだけど。今回は違った。

手の平に握った薬が、光り始めたのだ。

「え⁉」

驚いて手を開くと、まるで月のように輝いている。

レイヴァルトもラエルも、食い入るように輝く薬を見つめていた。でも光は、すぐに失われ、まるで幻を見たような気分になった。

「……完成、した？」

「完成じゃないかな？　あの幻獣の要望通り、月みたいになったのだし」

レイヴァルトに言われて、マリアもようやく確信が持てたのだった。

マリアとレイヴァルトは、さっそくウサギの幻獣の元へ赴いた。

出入り口が初代王の部屋にはないので、森の入り口から中へ入る。

入り口近くにはイグナーツとラエルにいてもらい、誰かが近づいて、この入り口を見られないようにしてもらった。

そうして中に入ると、壊された壁の向こうに、ウサギの幻獣が眠る木と、美しい乳白色のガラスの部屋が待っていた。

「それにしてもこの出入り口、壊れたままでいいのでしょうか」

レイヴァルトにそう言ったマリアだったが、答えはウサギの幻獣から返って来た。

――その壁は勝手に作られる。ガラスの木が伸びてできるので、度々《たびたび》塞がってしまうのだ。


入り口が塞がれてただけとは……。

予想もしていなかったので、マリアは笑いそうになってしまう。

「あの、薬を作りました。お望みの薬かはわかりませんが、もし間違っていても、幻獣の心を安定させる物に近い薬なので、危険な物ではないかと思います」

怪しい薬がベースではないので、恐ろしい効果が出たりはしないだろう。

マリアはレイヴァルトと一緒にウサギの幻獣に近づき、薬を手に持っていた布袋から出した。

薬そのものは、薬包紙《やくほうし》に包んでいる。

カサカサと紙を開くと、そこには金に近い銀のような、月色をした飴玉があった。

「どうぞ」

差し出したところ、ウサギの幻獣に頼まれる。

――わしは半分が木なのだ。これが我の安定した姿なのだが、身動きができない。だから口に入れてくれないか？

「わかりました」

言われた通りにしようとすると、レイヴァルトが代わるという。

「少し高い位置だから、届かせるのは大変だろう？」

その通りだったので任せることにした。

レイヴァルトが薬を幻獣の口に入れるのを見守りつつ、マリアは思う。

（そうか、これが『普通ではない幻獣』なんだ）

体の半分が木のまま幻獣として存在している。そんな幻獣を、マリアも他に見たことがない。

レイヴァルトの実父が調べていたのは、この幻獣のことだったのだ。そしてレイヴァルトの実父も、正体をすっかり突き止めることはできなかった。

（青の薬師を探すこともできなくて……。お母さんが死なずにいたら、セーデルフェルト王国に入って、ここへもっと早くたどり着けていたのかな）

少しだけ、そんな後悔が胸によぎる。

ただし『もしも』の話でしかない。時間は戻せないのだから、言っても仕方のないことだ。

思い切りつつも、少しだけマリアは気になった。

どうして、自分の母はリエンダール領まで旅をしてきたのか、ということだ。しかも定住するつもりではなかったのだから、さらに旅をする気だったのだ。

その先へ進むとしたら、行先はセーデルフェルトだったはず。

(契約の薬師も、幻獣みたいに月に呼ばれるような、そんな感覚で動くことがあるのかな)

マリアの母は『気が向いたから』と旅の理由を語っていた。

もちろん、現実的な理由はあった。

マリアの実父が病気で亡くなり、家族も救えない薬師なんてと言われたからだ。身内を失った苦しさを癒せてもいなかったのに、追い打ちをかけられるような気分だったに違いない。

だから住処を離れて、別の土地を目指した。

でも行き先に、幻獣との繋がりが全く作用しなかったのかな、とマリアは思うのだ。

そんなことを考えているうちに、ウサギの幻獣は薬を飲み込んだ。

レイヴァルトがゆっくりと離れる。

それから一瞬の間を置いて、ウサギの幻獣の体がふわっと燐光《りんこう》を発した。

光は虹色に変わり、波打つようにウサギの幻獣から木へと広がり、やがてガラスの部屋全体が虹色に輝いたかと思うと、一瞬、金色に染まる。


――キーン。

金属的な音が、ふっと空へと響いて行くような感覚。

それを感じたと同時に、全てのガラスの木や幻獣の色が乳白色に戻る。

「今のは……何？」

よくわからない感覚だった。

なんだか心までその音に釣られて、遠い空の向こうまで届いて……。

「輝くガラスの葉に覆われた月を見たような」

見えるわけもないのに、近くで見たような感覚に襲われたのだ。

レイヴァルトはどんな感じがしたのかと横を向くと、いつの間にか白い竜へと姿を変えていた。

「あの音を聞いたら、自然と姿が変わってしまって……」

「幻獣に作用する音なのかもしれませんね」

なにせ不思議のかたまりみたいな存在だ。変身したくなる音というのもあるかもしれない。

薬を飲んだ幻獣の方は……。

「真っ白」

灰色だったウサギの幻獣は、綺麗な白い色に変わっていた。けれど、周囲のガラスの木々はそのままだ。

「効きが悪かったのかしら」

不完全な薬だったらどうしようと思ったが、おもむろにウサギの幻獣が動き出す。

バキバキバキッ。

幻獣から生えていた、黒く変色していた木が何本か折れてしまう。

そうしてその場を抜け出したウサギの幻獣は、横から新芽の出た切り株を三つ背負った姿をしていた。


――さぁ、新しい森を作る場所へ行こう。


歩き出すウサギの幻獣。足取りはゆっくりなのに、こころなしか、その白い足がウキウキしているように見える。

「どこに森を作るつもりなんだい？」


――その通路の出口のあたりだ。


ウサギの幻獣は、のしのしとマリア達がここへ来るために通った道をさかのぼる。

「広さがあったのは、この幻獣が通るためだったのかな……」

思わずつぶやくも、どうやって作ったのかわからなかったマリアだったが、すぐに謎が解けた。

「あ」

少し狭い場所にさしかかると、壁のガラスがむにむにと動いて、通路が広くなる。

「幻獣の意思で、ガラスが動いている？」

――このガラス達は、元はわしの体だ。

マリアの疑問に、ウサギの幻獣が親切に答えてくれた。

そしてウサギの幻獣が通れるので、竜の姿になっているレイヴァルトも頭を低くして通り抜けることができた。

そうして、彼らは外へ出る。

王宮の北の森の奥。

暗い夜空の下で、白いウサギの幻獣はほのかに内側から光を宿しているように、はっきりと見える。

「月……」

ふと見上げた月の色と同じだ、とマリアは思った。

外で待っていたラエルは、初めてこのウサギの幻獣を見て驚いていた。

「これは……とても古い幻獣ですね」

「知っているのですか？」

マリアが尋ねると首を横に振る。

「知っているのではなく、感じるんです。その存在が、どれほど古くから在るのかを」

幻獣による独特な認識のようだ。

レイヴァルトも外へ出て、周囲を警戒するように首をめぐらせた。

問題なさそうな表情をしているので、周囲に人がいないことを確認したんだろう。

しばらく黙ったままのウサギの幻獣は、側にあったガラスの低木の群生地の中に寝そべる。


——うむ。正常に全てが整った。


その言葉と同時に、再びあの月を思わせる音が響き渡る。

とたんに、ウサギの幻獣の背にあった切り株から無数の木が伸び始める。

周囲の低木も、一気に成長を始めた。

「すごい……」

月の光を浴びて、きらきらと輝く乳白色のガラスの森がまたたく間に出来上がっていく。

やがて音が鳴り止んだ頃、森は完成していた。

以前の群生地よりもはるかに広い範囲だ。マリアが見渡せる限りはガラスの木になっているが、その奥には以前の通りの木が見えて、暗い闇の壁のように感じられた。


——わしの額に触れ、自らの治める大地を守る契約を結ぶ、と告げてほしい。

ウサギの幻獣の声に、レイヴァルトが移動した。

ゆっくりと、ウサギの幻獣の額に、自分の右手の爪先を触れさせる。

「自らの治める大地を、守る契約を結ぶ」

ウサギの幻獣の体がふわっと白く光る。

レイヴァルトの方も、ウサギの幻獣に触れた爪の先からその光が伝染して行くように広がって行き、銀の体が淡い光に包まれた。

その光の色は、まるで月の色のようだ。

驚いているうちに、光はウサギの幻獣の背に伸びた一際高い木にも広がって行く。

光が行き届いたとたんに、カッとレイヴァルトとウサギの幻獣の姿が強く光って見えなくなる。

思わずまぶしさから目をそらそうとした時、なぜかマリアは上を向いた。

だから気づけたのだ。

一気に空へと光の柱が立ち昇る様に。

それは一瞬のことだったけれど、マリアの目には、まっすぐに天頂の月へと光が向かっていったように見えた。

月へと架《か》けられた梯子《はしご》か、空へ向かって昇っていく流れ星のようで、なんとも幻想的な光景だった。

次の瞬間には、ウサギの幻獣の周囲にガラスの若木が生え始める。

ゆるゆるとウサギの幻獣の姿を覆い隠していく中、声が聞こえた。

——この森とわしは新たなる竜殿と契約した。竜殿に連なる者の呪いもなくなったはずだ。

そして感謝する、契約の薬師よ。そなたの手伝いがなくば、一瞬でこれだけのガラスの森を作る力は得られなかったはずだ。


さらにウサギの幻獣は付け加えた。

——今そなたの存在も記憶した。聞きたいことがあれば、またわしの側へ来るがいい。少し力を使いすぎたため、安全に休むためにわしの周囲を木で覆うが、そなたの前と、竜殿、竜殿に連なる者には道が開かれる。


（んん？　来てほしいのかしら？）

わざわざマリアにそう言うのなら、来訪してほしいのかもしれない。けれど、素直じゃない言い方だ。これがウサギの幻獣の性格なのだと思う。

（こういう素直じゃない患者さんはけっこういるものね）

マリアはうんうんと自分の中で納得しつつ、今のうちに聞いておきたいことを尋ねてみた。

「あの。よければ今教えてください。あなたが昔、薬師と契約をしていなかったのはなぜでしょうか？　あなたはなぜ王家とだけ契約をしたのですか？」

ウサギの幻獣が笑うような気配がした。

――わしが薬師と契約しなかったのは、一匹ぐらいは薬師への愛ではなく、王家の血族だけに従う存在がいた方がいいと思ったからだ。……人間はどんなに大切な約束も、代を重ねて別の人物が引き継いだなら、その思いを忘れてしまう。そして約束を破って、幻獣達の敵になることだってあるのだ。ならば薬師と王家が相反する思いを抱くこともあるに違いない、と。


心当たりはすごくある。

先日も、ガラスの森と幻獣から拒否された薬師と会ったばかりだ。

同じ血が流れる一族だからといっても、それぞれの考えは違う。契約の薬師を大切にする幻獣達も、このウサギの幻獣と同じ危険を想定していた。だから禁を犯した薬師とその子孫を拒絶する方法を、作っておいたのだ。

でもウサギの幻獣はそれではまだ不足だからと、森ではなく、王家を守るために薬師に縛られない状態を保ったのだろう。

「なるほどね」

レイヴァルトも疑問に思っていたようで、納得していた。

話してくれた幻獣に、マリアとレイヴァルトは礼を言った。

「ありがとうございます。ではまた今度」

言葉をかけた次の瞬間、ほとんど木々に覆われ、ウサギの幻獣の姿は見えなくなった。

その瞬間、ガラスの森は輝くのをやめ、月明かりのわずかなきらめきを映すだけになった。

マリアはふっと息をつく。

忙しい一日だった。

午前中は銀の髪の青年をおびき寄せる作戦をし、昼過ぎにはアルスファード公爵と話し、その後は拉致されたレイヴァルトを追いかけて、地下に潜って幻獣と面会。続いて調べものをした上で薬を作り、また幻獣の元へ行ったのだ。

それでも夜空を見て感じるのは、今日中に解決できてよかったという気持ちだ。

「これで、ハムスターを抱っこし放題だ！」

珍しく声を張り上げ、レイヴァルトが万歳する。

気づけば、レイヴァルトは人の姿に戻っていた。服もきっちりと着ていて破れたところはないので、おそらく無理に変身させられるようなことがなければ、服は温存できる方法があるようだ。

ずっと願っていたことが現実になったのだ。喜ぶのも当然だと思ったのだが。

「さぁマリア、すぐにハムスターを呼んでくれないか！」

ハムスターはウサギの幻獣の縄張りに入れないこともあり、森の外で待ってもらっていた。

「え、ここからもう抱っこするんですか!?」

嫌がらないはずだからいいとは思うけど、そんなにもハムスターを抱っこしたいのか。

一応、マリアはポケットの中から香水を出す。

すぐに匂いを嗅ぎつけてハムスター達が駆けつけたが、マリアに飛びつく前に、とても不思議そうにレイヴァルトの周りをめぐっていた。

ふんふんと匂いを嗅ぎ、じっと彼の顔を見上げることを繰り返している。

一方、レイヴァルトの行動は予想外だった。

なぜかハムスターをマリアに抱っこさせた。

「キュッキュ」

ご機嫌なハムスターを見つめつつ、マリアは戸惑う。自分で抱っこをしたいんじゃなかったのだろうか?

首をかしげた次の瞬間、さっとレイヴァルトに抱き上げられた。

「え、え、えええ!?」

驚いている間に、レイヴァルトはそのまま歩き出してしまう。

「殿下、あの、下ろしてください!」

「今日は特別な日だから、ずっとやりたかったことを実行したいんだ。申し訳ないけど、付き合ってくれないかい?」

実に嬉しそうに微笑むが、ハムスターを抱っこしたマリアを抱き上げるのが、レイヴァルトのやりたかったことなのだろうか。

よくわからなかったが、楽しそうなレイヴァルトと、腕の中でにこにことしているハムスターを見ていたら、マリアもどうでもよくなってきたのだった。

終章　幸せな婚約

王宮に、ガラスの森が出現した。

その話は、またたく間に王宮、王都にいる貴族、そして王都から離れた領地にいる貴族にまで広まって行った。

驚きと同時に、ガラスの森が王宮にあることで幻獣が増えたり、問題が起きるのではないかと思われたが、その不安はすぐ解消された。

アルスファード公爵が養女にした希代の薬師《くすし》が、幻獣に避けてもらえる薬を作ったのだ。

その人物は、キーレンツ領にてレイヴァルト王子が見出《みいだ》した女性の薬師だ。

不思議なことに幻獣に好かれ、キーレンツ領の奇病も治した腕を持つという。

そのことからレイヴァルト王子が幻獣に避けられる体質も改善する薬を作り出し、王子は彼女に心から感謝し、恋をしたという。

王子の恋を叶《かな》えたいと、アルスファード公爵は彼女を公爵家の養女にしたのだが、思いがけず王宮にガラスの森ができたことで、彼女の薬師としての名声は上がった。

女王も喜び、一気にレイヴァルト王子との婚約の話が進んだ……。

——というのが、この一週間で広まった噂《うわさ》だ。

改めて内容を聞いて、マリアは首をかしげた。

「前後関係が色々おかしくありませんか？」

キーレンツ領に来たのは、レイヴァルトの方が先だ。

噂を聞いたら、キーレンツの町の人達は首をかしげるだろう。

「不審に思う人が出ませんか？」

そこからマリアの出自やらを疑う人間が出現しないかと、マリアは心配しているのだ。

でもこの噂を流させたレイヴァルトに聞けば、問題ないと答えが返って来た。

「人って多少のことは気にしないものだよ。耳に入りやすい言葉の方が優先されて記憶に残ってしまう。そこを逆に利用させてもらおうかと思って」

爽《さわ》やかな笑顔を浮かべているけれど、言っていることは腹黒い。

「単純明快なわかりやすい話に仕立てて広めたら、違和感を持ってもなかなか人には言えないし、実際に助けてもらった私や養父になったアルスファード公爵が『その通りだよ』と言えば、それ以上追及できないだろう？」

「でも、どこで薬師の知識を磨いたのか？　と聞かれたら……」

「キーレンツ領の近くの村を回っていたことにしたらいい」

「あちらでは、私が王都から来たことになっていますよ？」

マリアがキーレンツ領へ定住した時についた嘘《うそ》はどうなるのか。

「アルスファード公爵に頼んで、傍系《ぼうけい》の子女だったことにしてもらってるから大丈夫。後から、実は王都で一時期公爵のお抱え薬師の下《もと》で学んだことがあった、と話を作ろう。公爵のお抱え薬師は最近交代していてね。以前の薬師は老齢で引退して、最近になって肺をわずらって亡くなったから、証拠は出ないよ」

追及しても、次から次へと対案が出て来て、だんだん腹黒さが増していく。

ちょっと怖いけれど、これだけ対処方法が思い浮かぶのなら、レイヴァルトに任せてしまえばいいかとも思えてきた。

「ある程度設定が固まったら、教えてください」

マリアはそういうことにした。

認識のすり合わせは大事だ。新しい自分の経歴が出来上がったら、それを確認しておくべきだろう。

「マリアはきっちりしているね。私はとりあえず、養女の件がとても自然な流れで広まったし、マリアの評価が上がって嬉《うれ》しいな」

レイヴァルトはにこにことしている。

「君が褒められるのはすごく嬉しいんだ。こんなに素敵な人がお嫁さんになるんだと、大っぴらに言えるからね」

「そんな……血筋に助けられてのことですから」

たとえレイヴァルトと出会ってひかれあったとしても、契約の薬師の血筋で、幻獣が自分に好意的だったり、母が教えてくれた謎のおまじないがなければ、ウサギの幻獣が求めた薬は作れなかった。

「生まれついての幸運というのはあると思う。でも、もし君が契約の薬師ではなかったら、その時はまた違う理由を作るだけだよ。そもそも王子の結婚相手が、特別な人である必要はないんだ。アルスファード公爵の養女にしてもらえれば、結婚するのに問題はないからね」

むしろ、とレイヴァルトがマリアの前にある姿見を振り向いた。

「王宮で派手に婚約披露をするために、華麗なドレスを着る必要はなくて、君はほっとするかもしれない」

そう言いながら微笑《ほほえ》むレイヴァルトは、金糸で縁取りがされた白の上着に緋色《ひいろ》のマントを羽織っている。式典などに向いたかっちりとした形の衣服は、彼の秀麗さを浮き上がらせている。

隣に立つマリアは、臙脂《えんじ》色に金の薔薇《ばら》の飾りがちりばめられた華麗なドレス姿だ。

ライザ女王がこの時のために作らせていたドレスは、白絹の上にえんじ色の布を重ねたもので、大輪の薔薇のように美しい。ドレスの裾には金の刺繍《ししゅう》と金のビーズに金剛石がちりばめられ、身動きする度《たび》にきらきらと輝く。

これからマリアとレイヴァルトは、王宮のパーティーに出席することになっていた。

その場で婚約を発表するのだ。

だからマリアはドレスだけではなく、とんでもなく豪華な宝飾品も身につけている。

首に飾るのは、繊細な蔦《つた》模様のネックレス。

耳飾りも同じデザインで、どちらもマリアの瞳の色そのもののエメラルドが使われていた。

それだけではなく、頭には金のティアラを載せている。

ティアラやネックレスなどは、王家所有の宝飾品を借りている。

ライザ女王が出来上がったドレスを合わせるマリアの元へ突撃して来て、おびただしい数の装飾品をつけては外しと試させた上で、「これにしましょう！」と決めたものだった。

とても美しいけれど、緊張する。

「耳飾り、落としたらどうしましょう……」

それが気になって仕方ない。動きもぎこちなくなりがちだ。

「大丈夫だよ。周りに召使いも沢山《たくさん》いるから、ちゃんと拾ってもらえるし」

マリアは苦笑いする。

拾ってもらえばいいということじゃない。でも、少し安心したのは事実だった。

落とすことを想定して、待機してくれているのなら、失《な》くす恐れだけはなくなる。

「ティアラだって落としても大丈夫だからね。でも、いずれ王様になる私の婚約者になってもらうから、どうしても身につけていて欲しいんだ」

「責任重大ですけれど、理解しています。はい」

レイヴァルトと一緒に生きていくと決めたのだ。

今さらやめる気はないし、側《そば》にいるためならドレスやティアラぐらいは慣れる必要があるとわかっている。

「ただ慣れるのに、少し時間が必要で……」

「うん、わかっているよ」

レイヴァルトはマリアを横から抱きしめた。

召使い達は外に出てもらっているので、部屋には他に誰もいない。だからマリアは、抗《あらが》うことなくその身をゆだねた。

「大丈夫。まだまだ猶予《ゆうよ》はあるから。母上にはもう何年かは女王としてがんばってもらうこともできる」

「でも殿下が幻獣と契約してしまったのなら、あまり長く放置してもいけないのでは？」

あのウサギの幻獣は、レイヴァルトと契約したのだ。

他の人間が王となっている状況のままでは、なにか不具合が出るのではないだろうか。

「時々戻《もど》ればいい。どちらにせよ、私達は一度キーレンツ領に戻る必要があるし、あそこも大事なガラスの森だから、私は王位に就いても定期的にキーレンツへ行くつもりだったんだ。その時には、もちろん君も一緒に、森に戻してあげないとね」

「私、結婚した後も、あのガラスの森へ行けるんですか？」

このまま結婚して王妃になったら、不可能になると思っていた。

もちろん、とレイヴァルトは続ける。

「君は幻獣達の薬師だから。王妃になっても、時々はキーレンツのガラスの森で、幻獣達の様子を見てもらった方がいいからね」

「え……本当ですか？」

レイヴァルトはうなずいた。

「もちろん。それにね、あまり私が独占して君を王宮に閉じ込めていると、他の幻獣達が乗り込んで来るかもしれないしね」

「でも、王妃がそんなことしていていいのでしょうか？」

普通の王妃でも外出などもするし、視察について行くことだってある。夏の避暑のために、毎年一度は住まいを移す国だってあると聞く。でも基本的に王宮にいるもので、遠い領地へ定期的に通うものではないと思うのだ。

「君の仕事は薬師であることだから。薬師になるのが夢だったんだろう？」

「はい……」

女王陛下がいる間は薬師らしく生きていけそうだけど、さすがにレイヴァルトが王位に就いた後は無理だと思っていた。

「王妃になっても、君は王宮の薬師として働けばいいし、そういう王妃がいたって大丈夫だよ。外交をするのが得意な妃《きさき》はそういう仕事をするし、しない人だって過去に沢山いたんだから」

優雅に暮らしていただけの王妃も多いから、と言われると、そんなもののような気がしてくる。

多少不安は残るけれど、レイヴァルトはこうしてマリアをなだめるような感じで、周囲を説得してしまうに違いない。そして実現するのだろう。

薬師の王妃がいる国を。

「とりあえず、綺麗《きれい》な私の婚約者を見せびらかしに行きたいな。いいかな？」

「もちろんです……レイヴァルト様」

マリアは、言ってからドキドキする。

今日から、マリアはレイヴァルトの正式な婚約者になる。だからレイヴァルトのことを「殿下」とつけずに呼ぼうと思っていたのだ。前々からレイヴァルトにそうお願いをされていたから。

レイヴァルトは一瞬気づかなかったようだけど、すぐにハッとしてマリアを見つめる。

「今、殿下ってつけなかったね？」

真正面からそう言われると、気恥ずかしくてマリアは視線をそらしてしまう。

「今日、婚約のお披露目をしますから……」

特殊な一族の末裔《まつえい》でも、マリアは平民に違いないのだ。だからずっと遠慮してきたけれど、今日からは違う。

隣に立つことを公表するのだ。

なら、敬称を様に変えても、何も知らない周囲の人だって納得できるだろう。

「君がそう呼んでくれて、本当に婚約するんだなって実感できた」

レイヴァルトはマリアの頬に手を添え、上向かせた。

「ありがとう、マリア」

「どういたしまし……」

言い終わるより前に、レイヴァルトに唇を塞がれる。

触れる唇は時々離れては、マリアの呼吸が整うとまた戻ってくる。

そうして長く口づけすぎたせいだろうか。

「殿下、口紅が」

マリアの口紅が、レイヴァルトの口についてしまっていた。

拭《ふ》く物を探してあたりを見回していたら、レイヴァルトがとんでもないことを言い出す。

「私はつけたままでも……。ほら、君と仲がいい証拠になるわけだから」

「そんなものをみせびらかす必要はありません」

びしっと叱《しか》ったマリアに、なぜかレイヴァルトは相好《そうごう》を崩す。

「わかったよ、未来の奥さん」

「なっ」

マリアは「奥さん呼び」という不意打ちに、うろたえてしまった。

「ロンダール父上に、夫婦円満の秘訣は奥さんの要望を聞くことだと教えられたからね。従うとしよう。ずっと仲良しでいたいからね」

「ろ、ロンダール宰相閣下とそんな話をなさったのですか」

第二の父とレイヴァルトの仲が良いのはいいけれど、恋人同士の間のことを話し合われるのは恥ずかしすぎた。

「もう、ほどほどにしてくださいね」

「わかったよ」

「あと、ハンカチを見つけたので拭きましょう」

「取るのが惜しいな。君の痕は残しておきたいのに。今度、噛《か》みついてくれるかい？」

「人を噛む趣味なんてありません」

「いいじゃないか少しぐらい……」

そうして二人で拭いてみたり、綺麗にしたのにまたレイヴァルトが口づけてしまったりして、時間がかかりすぎたのだろう。

「殿下、お時間ですぞ！」

バーンとイグナーツが扉を開け放った。

困ったことに、もう一度と、レイヴァルトがキスをしようとしたところだったのだが、それを扉の外に待機していた召使いや女官に衛兵、ラエルや養父として一緒に入場するつもりだったアルスファード公爵にまで目撃されてしまい。

「もう、レイヴァルト様！」

怒ったマリアだったが、レイヴァルトは楽しそうに笑うだけだった。

そのことが気になりすぎたせいか、マリアはパーティーでの緊張など頭から吹き飛んでしまったので、良かったのか悪かったのか。

無事に婚約の発表は行われ、セーデルフェルトでは珍しくも、薬師が王子の婚約者になったのだった。

あとがき

この度は「まがいもの令嬢から愛され薬師になりました」三巻をお手に取っていただき、ありがとうございます！

皆様のおかげで、三巻目をお届けすることができました。感謝申し上げます。

さて今回は、偽って貴族の養女になっていた主人公マリアが、婚約から逃げた先で王子様の薬師になったお話の続きになります。

王子レイヴァルトとお付き合いをすることになったマリアが、女王のお願いで王宮へ行くお話になります。

これ幸いと婚約してほしいと、プロポーズするレイヴァルト。

なぜか王宮までついて行くと言うハムスター達。

到着した王宮では、予想以上の歓迎ぶりの女王。

しかし、ゆっくりと王都内を観光してすごすつもりが、王宮ではとある問題が起きていて……というお話になります。

ちなみに今回の動物。干支的には寅なのですが、可愛さを優先して選びました！

発売からすぐにそっちの干支になるしという目論見もありました。

一筋縄ではいかない、新しい幻獣もお楽しみいただければと思います。

なによりもセーデルフェルト王国の王族に、幻獣の血が流れているのはどうして？ というのが明かされますので、読んでくださると嬉しいです！

さて今回も、担当編集様には大変お世話になりました。

サブタイトル、なかなか良い感じのが出来上がって、ほっとしました。苦手な私にご尽力いただき、感謝申し上げます。

イラストを担当してくださった笹原亜美様にも感謝を。レイヴァルトの美しさに磨きがかかり、マリアは王宮編ということで、可愛らしいドレス姿が素敵です！ 表紙が「舞踏会！」という感じに描いていただきました！

今回もハムスターの可愛らしさは万全で、連れて帰ってお菓子を与えて餌付けしたくなります！

さらにこの本を出版するにあたりご尽力頂きました編集部様や校正様、印刷所の方々も、皆様ありがとうございます。

そして何よりも、この本をお手にとって下さった皆様に感謝申し上げます。少しでも、読んでいただいたことで楽しい気分になっていただけたら嬉しいです。

そしてすでに四月からウェブ上のゼロサムオンラインにて、「まがいもの令嬢から愛され薬師になりました」のコミック版の連載が始まっております！

こちらは村上ゆいち様に漫画を担当していただき、マリアやレイヴァルトを生き生きと、そして小説内の色々なシーンを再現していただけています！　ハムスターの拉致シーンから、もう笑いが止まらない感じで、毎回の最後の引きでも不意を突かれるという素敵な構成で、とても楽しませていただいております！

こちら、すでにコミックの一巻も発売しておりますので、ぜひご覧になっていただければ幸いです！

佐槻奏多

IRIS ICHIJINSHA

まがいもの令嬢《れいじょう》から
愛《あい》され薬師《くすし》になりました3
竜《りゅう》の婚約《こんやく》と王位《おうい》継承《けいしょう》のための薬《くすり》

2022年1月1日　初版発行

著　者■佐槻奏多

発行者■野内雅宏

発行所■株式会社一迅社
〒160-0022
東京都新宿区新宿3-1-13
京王新宿追分ビル5F
電話03-5312-7432(編集)
電話03-5312-6150(販売)

発売元：株式会社講談社
(講談社・一迅社)

印刷所・製本■大日本印刷株式会社

ＤＴＰ■株式会社三協美術

装　幀■今村奈緒美

ISBN978-4-7580-9424-5

この本を読んでのご意見
ご感想などをお寄せください。

おたよりの宛て先

〒160-0022
東京都新宿区新宿3-1-13
京王新宿追分ビル5F
株式会社一迅社　ノベル編集部
佐槻奏多《さつきかなた》 先生・笹原亜美《ささはらあみ》 先生

IRIS 一迅社文庫アイリス

引きこもり令嬢と聖獣騎士団長の聖獣ラブコメディ！

『引きこもり令嬢は話のわかる聖獣番』

著者・山田桐子
イラスト：まち

ある日、父に「王宮に出仕してくれ」と言われた伯爵令嬢のミュリエルは、断固拒否した。なにせ彼女は、人づきあいが苦手で本ばかりを呼んでいる引きこもり。王宮で働くなんてムリと思っていたけれど、父が提案したのは図書館司書。そこでなら働けるかもしれないと、早速ミュリエルは面接に向かうが——。どうして、色気ダダ漏れなサイラス団長が面接官なの？　それに、いつの間に聖獣のお世話をする聖獣番に採用されたんですか⁉